Wellengeflüster

Neunzehn Seegänge mit Brina Stein

Wellengeflüster – Neunzehn Seegänge mit Brina Stein ist das erste Buch der Autorin. Vor zehn Jahren entdeckte sie die Kreuzfahrt für sich. Fasziniert von der Möglichkeit in einem Urlaub verschiedenste Länder zu entdecken, begann sie das Reisen mit dem Schreiben zu verbinden. Ihre Erlebnisse wurden zu Vorlagen ihrer Geschichten.

Brina Stein wurde in Berlin geboren, ist in Lübeck aufgewachsen und lebt heute mit ihrem Mann im Taunus.

www. brina-stein.de

Inhalt

Impressum

1. Auflage, Oktober 2012

Annaberger Str. 21, 09456 Mildenau
www.telescope-verlag.de

Lektorat: Schreibprojekte, Verena Rotermund,
www.schreibprojekte.de
Umschlag: Lothar Krebs,
www.krebsillustration.de
Foto: Ulrich Häfner Fotografie, Ulrich Häfner,
www.haefner.de

ISBN: 978-3-941139-45-9

Preis: 12,00 EURO

Für Dirk

Vorwort

Willkommen an Bord! Ich freue mich, dass Sie mein Buch in Ihren Händen halten. Entfliehen Sie für ein paar Stunden dem Alltag und lesen Sie, was Ihnen die Wellen zu sagen haben. Mit unterschiedlichen Schiffen werden Sie in Kürze ferne und nahe Länder bereisen. Viele liebenswerte Charaktere werden Ihnen begegnen und natürlich auch ein paar Schurken, so wie das im richtigen Leben auch ist.

Noch ein Tipp: Das Kapitel „Häufig gestellte Fragen" macht Sie vielleicht neugierig. Bitte bewahren Sie es sich bis zum Schluss auf – sonst wird zu viel vorab verraten.

Ich wünsche Ihnen eine schöne Lesekreuzfahrt!

Ihre Brina Stein

La vie en rose

Eve schaute aus einer Lücke ihres Bienenstocks, als sie ein unbekanntes Brummen vernahm. Sie hatte beobachtet, dass Jérôme vor einiger Zeit in den Ort gefahren war. Freitags belieferte er den Markt in Aix-en-Provence. Jérôme war ihr Imker, und nicht nur sie, sondern viele weibliche Bienen im Stock schwärmten für ihn. Er, um die vierzig Jahre alt, hatte dunkle Haare, und wenn er die Augen zusammenkniff, sah er aus wie Alain Delon. Eve sah einen Lastwagen die Straße heraufkommen. Er stoppte direkt vor zwei großen Kartons, die vor dem Haus standen und deren Inhalt Jérôme heute Morgen eilig zusammengestellt hatte. Neben vielen kleinen Gläsern Lavendelhonig waren auch zwei kleinere Fässer des kostbaren Provencehonigs verpackt worden. Der Honig „Miel de Provence" war eine ihrer Stockspezialitäten. Ein Mann, gekleidet wie ein Koch, stieg aus dem Wagen und begann ohne Umschweife, die Kartons einzuladen. Eve genügte diese Beobachtung.

Obwohl eine normale Honigbiene war ihre Stellung im Stock keine gewöhnliche. Sie assistierte der Königin. Also eilte sie zu dieser und erzählte, was sich draußen tat. Ihre Majestät war entsetzt und forderte Eve auf, unverzüglich Ermittlungen über diesen außergewöhnlichen Fall einzuholen.

Jérôme verkaufte den Honig, den sie mühsam produzierten, immer auf Märkten oder an bekannte Händler aus der Umgebung. Den Mann, der eifrig einlud, hatte sie noch nie auf dem Imkergelände gesehen. Und Jérôme war nicht daheim!

Eve begab sich in die Drohnenabteilung und trommelte rasch ein paar männliche Bienen zusammen. Sie waren nicht begeistert, in ihrer Ruhe gestört zu werden, doch folgten sie Eve, der königlichen Assistentin, ohne Widerrede. Unterdes beendete der Mann seine Arbeit, und noch bevor er die Türen des Kleintransporters schließen konnte, waren Eve und die drei Drohnen ins Wageninnere geflogen. Der Wagen rumpelte über die holprige Straße. Nach kurzer Zeit erreichten sie die Hauptstraße, der Transporter schnurrte gleichmäßig vor sich hin. Nach etwa dreißig Minuten stoppte der Mann den Wagen. Eve flog zum Fenster empor und sah eine riesengroße, weiße Wand. Schon öffnete sich die Klappe und der Mann begann abzuladen. Menschen kamen herbei, um zu helfen. Sie hatten schmale Augen und bräunliche Teints. Eve, die im Stock immer wusste, was zu tun war, verfiel kurz in Sprachlosigkeit. Die Drohnen saßen bibbernd in der Ecke des Wagens. Eve fasste sich ein Herz, flog an die Ladeklappe, blickte hinaus und erschrak. Die Diebe verfrachteten gerade ihren Honig durch eine Luke auf ein Schiff. Eve roch salzige Luft. *Wir müssen im Hafen von Marseilles sein, die Fahrzeit würde passen*, dachte sie. „Kommt mit, Jungs", rief sie den Drohnen zu und flog aus dem Transporter. Die Bienenjungs folgten vorsichtig und mit einigem Abstand. Als Eve das Schiff in Gänze sah, verschlug es ihr erneut die Sprache. Es war ein großes, wunderschönes, weißes Segelschiff. Stolz ragten fünf goldfarbene Masten in den blauen Himmel. Eve sah, dass viele Menschen zügig über die Gangway aus Teakholz das Schiff betraten. Soeben ging ein in Weiß gekleideter Mann auf den Fahrer zu und sprach ihn an: „Antoine, bring die Fässer mit dem Miel de Provence auf das Sonnendeck, die erste Koch-Show soll gleich nach dem Auslaufen beginnen und Monsieur Paul wartet." „Ihr bleibt hier", herrschte Eve die Drohnen an, „ich bin gleich zurück."

Die Drohnen nickten und nahmen am Heck direkt neben dem Tau Platz, mit dem das Segelschiff sorgsam festgemacht war. Eve flog zügig auf das Pool-Deck, und oben angekommen sah sie die aufgebaute Kochstation. Dahinter stand der Mann, den sie erwartet hatte. Monsieur Paul, Frankreichs Starkoch Nummer 1. Jérôme liebte Kochsendungen, und wenn sie abends noch ausflog und einen Blick in sein Wohnzimmer riskierte, hatte sie Monsieur Paul im Fernsehen gesehen.

Er kocht jetzt gleich mit meinem Honig, dachte sie stolz und für kurze Zeit schien sie ihr Anliegen zu vergessen. Da brachte Antoine den Honig. Monsieur Paul strahlte und öffnete sofort das Fass. Das musste Eve sich aus der Nähe ansehen. Der Starkoch probierte kurz eine Messerspitze und verdrehte entzückt die Augen. Dann verrührte er den Honig mit Frischkäse, Senf und Dill und schmeckte ihn mit Pfeffer ab. Als Nächstes schnitt er Räucherlachs in Scheiben. Eve zuckte zusammen. Ein Ruck ging durch das Schiff. Sie begann auf der Planke, auf der sie sich niedergelassen hatte, zu rutschen. *Das Schiff legt ab,* dachte sie angstvoll, *und ich habe meinen Auftrag nicht erfüllt.* Schnell flog sie zur Reling und nahm wahr, wie das große Schiffstau eingeholt wurde. Am anderen Ende des Taues sah sie drei schreiende Drohnen mit Leibeskräften ziehen, aber ihre Kraft reichte nicht aus. Unvorbereitet warf Eve ein heftiger Windzug zurück auf die Planken und sie verlor das Bewusstsein.

Als Eve zu sich kam, war Monsieur Paul mit samt seinen Kochutensilien nicht mehr zu sehen. Benommen schüttelte sie den Kopf und erhob sich zaghaft. Das Schiff hatte Segel gesetzt und Eve begriff, dass sie sich mitten auf dem Meer befand. Die Küste konnte sie kaum mehr erkennen. Andere Bienenfrauen wären jetzt in Panik ausgebrochen, doch Eve war ja die Assistenzbiene der Königin. Sie war es gewohnt, mit unvorhersehbaren Wendungen umzugehen. Auch jetzt dachte sie nur an ihren Auftrag. Sie musste ergründen, warum ihr Honig an Bord gebracht wurde und ob es sich wirklich um einen Diebstahl handelte. Gut, das „Warum" wusste sie jetzt. Frankreichs Meisterkoch hatte diesen Honig bestellt. *Ob er bezahlt ist?*, grübelte Eve. Sie musste sich informieren, wohin dieses Schiff segelte und wie sie nach der Erfüllung ihres Auftrags nach Hause kam. Die Königin wäre über eine allzu lange Dienstreise ihrer Assistentin nicht erfreut, denn sie hatte stets einen vollen Terminkalender und benötigte Eves Hilfe rund um die Uhr. So machte sie sich auf und erkundete das Innenleben des Schiffes. An der elegant eingerichteten Rezeption versteckte sie sich in einer offenen Tulpe, die in einer Vase auf einem der Tische stand, und wartete. In der nächsten Stunde belauschte sie intensiv die Gespräche der Rezeptionsmitarbeiter und der Gäste. Eve erfuhr, dass sie auf einer kulinarischen Kurzkreuzfahrt mit diesem Segelschiff war. Nach drei Nächten würde das Schiff wieder in Marseille anlegen. Ziel ihrer Reise war das mondäne Monte Carlo. Die Reederei hatte dort ein Lokal eines weiteren Sternekochs angemietet. Pauls Aufgabe war es, den Gästen während der Überfahrt die Zeit mit Präsentationen, Live-Koch-Shows und Vorträgen zur französischen Küche zu vertreiben. Auch brachte Eve in Erfahrung, wozu die rund zweihundert kleinen Lavendelhoniggläser dienten. Sie waren den Gästen des Schiffs von der Reederei als Präsent in die Kabinen gestellt worden. Dies konnte sie belauschen, da eine Dame an der Rezeption mit einem Glas ihres Honigs erschien und diesen mit freundlichen Worten zurückgab, da sie eine Honigallergie hätte. Eve rümpfte die Fühler. Damit waren die Fakten klar.

Zu guter Letzt belauschte Eve noch die Angestellten, die sich über Pauls Kabinennummer unterhielten. Diese befand sich auf dem zweiten Deck am Heck des Schiffes. Mehr musste sie nicht wissen, sie flog aus der Tulpe und bahnte sich ihren Weg nach Achtern. Auf dem Weg dorthin bestaunte sie die elegante Einrichtung dieses Segelschiffs. Schwere Teppiche, goldverzierte Treppenaufgänge und teure Ledersitzgruppen dominierten das Bild.

Ohne Probleme fand sie Pauls Kabine und zu ihrer Freude saß er auf einem Liegestuhl davor. Er telefonierte. Eve setzte sich vorsichtig auf seine Lehne und spitzte die Ohren. Es ging um Honig! Während sie zuhörte, setzte ihr kleines Bienenherz fast aus. Er telefonierte mit Jérôme. Gerade lobte er die hervorragende Qualität des „Miel de Provence"! Das war eine Überraschung! Als Paul sie erblickte, sagte er lachend zu Jérôme:„Und eine deiner Bienen hast Du mir wohl mitgeschickt, sie sitzt direkt neben mir." Eve zog sich daraufhin in eine Ecke des Schiffs zurück und dachte nach. Ihr Auftrag war erfüllt, alles hatte seine Ordnung. Nur musste sie nun drei Tage warten, bis sie wieder in Marseille anlegten. Sie beschloss, das Beste aus der Situation zu machen. Welche Biene hatte schon die Gelegenheit zu einem Kurzurlaub auf See?

Als das Segelschiff am nächsten Tag mittags in Monte Carlo einlief, freute sich Eve auf den Landgang. Sie hatte beschlossen, sich diesen Stadtstaat Monaco genau anzusehen. Die Stadt klebte am Gebirge und Eve bestaunte vom Schiff aus die hohen Häuser und die vielen großen Yachten. *Jet Set pur*, dachte sie, *und ich mittendrin. Wenn das meine Königin sehen könnte.* Munter surrte Eve die Gangway hinab. Sie wollte diese fantastischen Yachten aus der Nähe anschauen. Sie begann mit der größten und schönsten. Strahlend weiß mit silberfarbenen Planken glänzte sie in der Sonne. An Deck konnte sie viele Menschen sehen. Sie hatten Champagnergläser in der Hand und feierten sich selbst oder diesen wunderschönen Morgen. Vom Kai erklang Musik. Ein Akkordeonspieler gab „La vie en rose" zum Besten. Es war eines von Eves Lieblingsliedern und sie summte mit.

Als sie gerade auf dem Deck der Yacht landete und vorsichtig zu den Menschen spähen wollte, vernahm sie einen Pfiff. Sie drehte sich um und sah direkt in die großen Augen einer männlichen Honigbiene, die lässig an einem Tau lehnte. Minutenlang sahen die zwei sich an. Eve, die gerade das erste Mal in ihrem Bienenleben die Liebe auf den ersten Blick erlebte, fühlte sich wie gelähmt. Der Bienenmann fand schneller seine Sprache wieder und sagte: „Salut, ich bin Guillaume." „Eve", quetschte sie hervor. Da mussten sie beide lachen. Er wollte wissen, woher Eve kam, er hätte sie noch nie gesehen. Eve berichtete ihm die ganze Honig-Agenten-Geschichte und Guillaumes Miene zeigte deutlich eine große Bewunderung für den Mut dieser Biene. „Und morgen früh fährst Du zurück nach Marseilles?", fragte er. Eve bejahte. „Dann komm", sagte er „wir haben vierundzwanzig Stunden Zeit füreinander und ich zeige dir jetzt mein Monte Carlo."

Er nahm sie wie selbstverständlich bei den Flügeln und sie zogen los. Quer durch den Yachthafen ging es hinauf zum Fürstenpalast. Eve war beeindruckt, den Platz zu sehen, auf dem die Trauung von Albert und Charlene stattgefunden hatte, und den sie aus Jérômes Fernseher kannte. Weit weg von zu Hause und mit diesem überaus charmanten Bienenmann rückte der Imker in weite Ferne. Danach flogen sie durch die Straßen, denn Guillaume wollte Eve unbedingt zeigen, wo die Formel-1-Rennen stattfanden. Sie war beeindruckt. Alleine diese Autos! Sie sah Fahrzeuge der Marken Porsche, Jaguar, Bentley, Maserati. Niemand schien nur einen schlichten Citroën zu fahren, wie Eve es von zu Hause her kannte.

„Wollen wir eine Pause machen, Guillaume?“, schnaufte Eve sichtlich geschafft. „Ja“, rief er zurück, ich habe einen besonderen Platz vorgesehen.“ Eve strahlte. „Schau, rechts ist die Spielbank“, rief er übermütig. Dann erreichten sie das Paradies. Eine Oase inmitten dieser Häuser mit unzähligen exotischen Blumen, Bächen und Wasserläufen. Eve hatte niemals einen schöneren Garten gesehen. Guillaume sah ihr tief in die Augen, und als er sie küsste, schien unter ihnen das Blatt zu schwanken. Sie speisten in diesem Blütenmeer hervorragend zu Abend und für die Nacht suchten sie Schutz in einem lilafarbenen Blumenkelch. Eng aneinander gekuschelt schliefen sie ein.

Als Eve am nächsten Morgen aufwachte, war Guillaume verschwunden. *Das kann nicht wahr sein*, dachte sie traurig. Sie musste zum Schiff zurück, es würde gegen Mittag ablegen. Sie flog noch ein wenig im Park herum, doch ihn fand sie nicht. Frustriert machte sie sich auf den Weg zum Hafen. Als sie ihr

Segelschiff erreichte, wurde sie wütend auf Guillaume, aber am meisten auf sich selbst. *Ich bin keine Biene für eine Nacht*, dachte sie wütend. Keine Drohne in ihrem Stock hätte es sich erlaubt, so mit ihr umzugehen. Sie war schließlich die Assistentin der Königin! Um ihrem Ärger Luft zu machen, marschierte sie auf dem Deck hin und her. Sie beobachtete, dass die Matrosen das Schiff zum Ablegen bereitmachten, sie zogen die Taue ein. Sie blickte auf die Skyline von Monte Carlo und fühlte sich unendlich einsam. „In zwei Tagen bin ich daheim", machte sie sich Mut, „ich werde ihn schon vergessen." Als der inzwischen bekannte Ruck durch das Schiff ging, nahm sie ein schnelles Surren in der Luft wahr. Sie sah Guillaume eifrig heranfliegen. „Eve, Eve, ich komme mit, du bist die Biene meines Lebens, ich kann dich nicht alleine fahren lassen." Er landete vor ihr, breitete seine Flügel aus und küsste sie innig und lange. Die Kulisse von Monte Carlo wurde kleiner und kleiner. Monsieur Paul, der die Ausfahrt mit einem gekühlten Glas Weißwein in der Hand sichtlich genoss, wurde Zeuge der innigen Bienenszene. „Jetzt hat sich die Biene von Jérôme auch noch einen monegassischen Bienenmann angelacht. Wenn ich das zu Hause erzähle, glaubt mir keiner", schmunzelte er.

Amors Pfeil

Nach einer langen Reise befand ich mich endlich im Landeanflug auf Mallorca. Ich konnte schon die große Kathedrale nahe des Hafens der Hauptstadt Palma sehen. Der Rucksack, den der Boss sorgsam auf meinem Rücken verschnürt hatte, enthielt neben meinem Langbogen drei Pfeile. Dies war mein erster Auftrag, den ich im Alleingang bewerkstelligen sollte. Meine Aufgabe war einfach. Zwei Menschen, beide Single, die sich bisher noch nicht kannten, gingen heute auf eine Kreuzfahrt. Sie sollten sich verlieben, denn sie waren füreinander bestimmt. Ihr Leben sollte sich nach dieser Reise für immer verändern. Meine Aufgabe als Amors Gehilfe war, im richtigen Moment den ersten Pfeil abzuschießen, sodass einer der zwei sich auf Anhieb verliebte. Dieser würde den Anfang machen und ich konnte danach in aller Ruhe den zweiten Pfeil auf die andere Person schießen. Der dritte Pfeil befand sich zur Sicherheit im Gepäck, also für den Fall, dass ich daneben schoss, was bei meinem intensiven Training in den letzten Wochen nie vorkam.

Ich erblickte, endlich in dem großen Hafen angekommen, das gesuchte Schiff. Seinen Bug zierte ein großer, roter Kussmund. *Wie romantisch*, dachte ich und setzte mich auf das Dach des Kreuzfahrt-Terminals. Ich nahm meinen Minicomputer zur Hand, der stark einem modernen iPhone ähnelte. Auf diesem hatte ich alle Daten und Bilder meiner Klienten abgespeichert und konnte ein Bewegungsprofil aufrufen, um sie zu finden. Zunächst betrachtete ich ihn. Tim, Anfang vierzig, groß, schlank und dunkelhaarig. Er wohnte im Rheingau und besaß nicht nur einen Weinberg, sondern auch noch zehn Rinder. Das alles war sein Hobby, beruflich arbeitete er erfolgreich in der Werbebranche. Vor zwei Jahren trennte sich seine Frau von ihm, seitdem fühlte er sich oft einsam, wenn er es auch nicht offen zugab. Tim war ein typischer Einzelgänger, eher der ruhige Typ. Ich beschloss spontan, den ersten Pfeil auf ihn zu schießen. Dann betrachtete ich ihr Profil. Jessica, Mitte dreißig, aus Berlin. Groß, blond, attraktiv und erst seit einem Jahr Single nach einer kurzen Ehe, die schiefging, weil die Lebensziele nicht dieselben waren. Sie war Inhaberin eines Reisebüros und kam mit ihrer Freundin erstmals an Bord eines Kreuzfahrtschiffes. Auch Jessica fühlte sich oft einsam, lernte aber immer nur Männer kennen, die keine feste Bindung suchten. Tim ging öfter auf Kreuzfahrt, aber auf diesem Schiff reiste er das erste Mal mit. Ich schaute weiter in meinen Computer und aktivierte ihre Bewegungsprofile. Jessica saß noch im Flieger aus Berlin. Sie würde erst in einer halben Stunde landen. Tim war mit dem Transferbus auf dem Weg zum Hafen. Ich spazierte auf dem Dach entlang und stellte mich direkt an eine günstige Stelle, von wo ich seine Ankunft beobachten konnte.

Endlich kam der Bus. Ich erkannte Tim sofort, als er ausstieg. Er schaute zu mir nach oben. Ich weiß, das hatte nichts zu bedeuten, Menschen können mich nicht sehen. Er sah missgelaunt aus und schwitzte. Als er zum Check-in ging, fand er eine lange Schlange vor. Genervt wandte er sich ab und begab sich lieber in die Bar im Center und bestellte ein Bier. Genau in diesem Moment landete Jessica. Zügig kamen ihre Koffer auf dem Laufband an, und als sie mit dem Bus vor dem Cruise-Terminal im Hafen ankam, checkte Tim ein. „Na gut, das wäre ja auch zu einfach gewesen", überlegte ich. Den ganzen Nachmittag und auch am frühen Abend überwachte ich meinen Computer intensiv. Sie kamen sich nie näher als zwanzig Meter. Jessica wirkte aufgekratzt und fröhlich. Für sie stellte das alles ein großes Abenteuer dar, diese erste Seereise. Tim war nicht zufrieden, ihm sagte die Kabine nicht zu. Er vermisste an jeder Ecke den guten Service, den er von klassischen Kreuzfahrtschiffen kannte. Dieses Schiff mit dem bezaubernden Kussmund war ein Clubschiff, auf dem es lockerer zuging. Ich setzte insgeheim auf 22 Uhr. Da legte das Schiff ab und auf dem Pool-Deck sollte eine große Party stattfinden.

Jessica traf mit ihrer Freundin pünktlich um 21.45 Uhr ein. Sie hatten ein paar Leute im Schlepptau und wirkten ausgelassen. Sie stellten sich an einen Bistrotisch und orderten Getränke. Tim entdeckte ich nach kurzer Zeit eine Etage höher, direkt rechts über Jessica. Ich verspürte Nervosität, die erste Chance nahte. Ich musste ihn nur treffen, er würde hinunterschauen und sie entdecken. Punkt 22 Uhr legte das Schiff ab und ich spannte meinen Bogen. Bevor ich abdrücken konnte, gab es einen Schlag und mein erster Schuss löste sich wie von selbst. Niemand hatte mich auf ein so starkes Bugstrahlruder vorab hingewiesen.

Mein Pfeil schoss aus dem Bogen heraus und klatschte gegen die Wand von Deck zwölf. Tim wurde nur um ein paar Zentimeter verfehlt. Dann prallte der Pfeil ab und flog rückwärts Richtung Pool-Deck. Er streifte Jessica dabei am Arm. Sie zuckte, stellte ihr Getränk ab und blickte nach links oben. Dort sah sie einen Mann, der im selben Augenblick zu ihr schaute. Ihre Blicke kreuzten sich und Jessica lächelte. Tim stand rechts oben und sah weder Jessica lächeln noch mich wütend fluchen. Er wendete sich von der Reling ab und ging Richtung Kabine. Währenddessen kam der andere Mann zu Jessica hinunter und die zwei begannen zu tanzen. Ich ärgerte mich in Grund und Boden und klinkte mich aus, als die beiden an der Heck-Bar noch zu später Stunde den Abend bei einem Drink ausklingen ließen.

Am nächsten Tag fand die Rettungsübung statt. Wie ich in Erfahrung bringen konnte, hatten Tim und Jessica die gleiche Musterstation zur Übung, das hieß, die Chance, sich zu begegnen, war groß. Endlich kamen sie hinauf auf Deck 7. Tim sah wieder genervt aus und Jessica schien einen leichten Kater zu haben, denn sie wirkte blass und schwankte leicht. Aufgeregt und hinter einer großen Sonnenbrille verschanzt, tuschelte sie die ganze Zeit mit ihrer Freundin. Endlich standen sie nah genug beieinander. Kein Wunder, die Passagiere wurden in Reihen zusammengefasst und mussten sich an die Schiffswand drängeln. Ich spannte meinen Bogen, da ertönte Tims Handy und er ging zum Missfallen der übungsleitenden Crew aus der Reihe.

Auf dem Pool-Deck tobte im Anschluss an die Übung ein bayerischer Frühschoppen mit Freibier. Ich hatte nichts davon, der große Boss war am Telefon. Er wollte wissen, wie es lief, und ich versuchte glaubhaft zu versichern, dass die Lage entspannt sei. Von wegen! Ich entdeckte Jessica nach dem Telefonat wieder an der Seite dieses Mannes von gestern Abend. Ich umflog die zwei und scannte ihn in meinen Computer ein. Das Ergebnis fiel niederschmetternd aus. Er, Uwe, kam ebenfalls aus Berlin, war geschieden und hatte drei Kinder! Jessica, die mit Kindern nichts anfangen konnte, strahlte ihn ahnungslos an. Na klar, der Pfeil ging zwar nicht ins Herz, aber er hatte sie gestreift, und ich wusste um die intensive Wirkung. Tim war nirgends zu sehen. Als ich an seinem Kabinenfenster vorbeiflog, erkannte ich, dass er auf dem Bett lag und las. Prima!

Am nächsten Tag legte das Schiff im Hafen von Cádiz an. Tim nahm an einem Ausflug teil und Jessica schlief den ganzen Tag in der Kabine, nach zwei langen, durchfeierten Nächten. Am Abend näherten die zwei sich nicht auf zweihundert Meter. Dafür schien Jessica Liebeskummer wegen Uwe zu haben, sie saß in der Kabine und weinte ihrer Freundin etwas vor. *Ein Lichtblick*, dachte ich, Uwe war heute mit einer anderen an Land, wie ich ihren Worten entnahm. Am nächsten Tag gingen wir in Lissabon vor Anker. Weder Jessica und ihre Freundin noch Tim hatten einen offiziellen Ausflug gebucht. Alle erkundeten individuell diese schöne Stadt am Tejo. Ich heftete mich beiden an die Fersen und am späten Nachmittag jubilierte ich, sie nahmen im selben Straßencafé Platz. Tim bestellte einen guten Vino verde und sah endlich entspannt aus. Jessica saß drei Meter entfernt von ihm, wieder hinter ihrer Sonnenbrille versteckt, und trank mit ihrer Freundin Port. Die Freundin, sonst lustig und fröhlich, schien mies drauf zu sein. Sie waren in einer Boutique gewesen und nicht eine Jeans hatte ihr gepasst. Sie machte das Schiff und sein gutes Essen lautstark verantwortlich. Ich ließ mich gegenüber auf der schwarz-weiß gekachelten Straße nieder, spannte meinen Bogen, nahm Tims Herz genau ins Visier, als plötzlich unter mir der Boden zu schwanken begann. *Was ist das? Ein Erdbeben?*, dachte ich angstvoll. Wieder löste sich mein Schuss unkontrolliert und der Pfeil flog direkt über Tims Kopf hinweg. Ich war am Ende und erhob mich schnell in die Lüfte. Von hier oben sah alles normal aus. Ratlos flog ich zu Jessica an den Tisch und setzte mich auf einen unbesetzten Stuhl. Tim zahlte gerade und ging. Er schien nicht den Windzug des Pfeils gespürt zu haben. Jessicas Freundin berichtete immer noch über ihr Hosenproblem und gab jetzt zu, dass in der Ankleidekabine, der Boden geschwankt hatte. Jessica lachte und erzählte, dass sie öfter von Leuten gehört hätte, die das erste Mal an Bord eines großen Schiffes waren, dass dieses Phänomen beim Landgang auftrete. Ich war beruhigt. Trotzdem musste ich am Nachmittag den Boss anrufen und dieser zeigte sich nicht begeistert. „Wie sollte ich mit einem Pfeil bloß beide Herzen treffen?" Er wies mich an, auch in den folgenden Tagen in der Nähe von Jessica und Tim zu bleiben. Vielleicht würde es klappen, wenn ich Tims Herz träfe. Jessica, immer noch recht unglücklich wegen Uwe, würde eine Aufmunterung guttun. Doch es war nichts zu machen. Bis zum Ende der Reise näherten Jessica und Tim sich nicht mehr räumlich an. Mein erster Auftrag, misslungen! Als ihre Flugzeuge fast zeitgleich den Flughafen von Palma de Mallorca nach einer Woche verließen, war ich unendlich traurig. Es tat mir so leid, dass sie nun wieder in die alte Einsamkeit zurückkehren mussten.

Ich flog hoffnungslos mit einem unbenutzten Pfeil in die Zentrale. Die weite Reise dauerte zwei Tage. Amor erwartete mich in seinem Büro. Mit undurchdringlicher Miene saß er an seinem Schreibtisch in dem großen Ledersessel. Ich setzte mich vorsichtig auf den Stuhl ihm gegenüber. *Sicher wird er mich jetzt feuern*, dachte ich.

„Nun, mein kleiner Engel“, sagte er mit seiner sonoren und strengen Stimme, „dein erster Auftrag ist richtig schiefgegangen.“ Ich nickte unterwürfig und rechnete mit dem Schlimmsten. „Diese zwei Menschen sind füreinander bestimmt, sie brauchen sich, um kommende Herausforderungen im Leben gemeinsam zu meistern“, donnerte Amor los. Ich fühlte mich schlecht wie noch nie und begann zu weinen. „Aber“, und der Anflug eines Lächelns erschien auf seinem Gesicht, „schau her, was am Morgen nach ihrer Rückkehr in die Heimat passiert ist.“

Er drehte seinen großen, allwissenden Monitor herum. Ich sah Jessica in Großaufnahme und Tim in einem kleinen Fenster. Sie telefonierten beide mit der Reederei und buchten den nächsten Urlaub in sechs Monaten. Offensichtlich hatte die zwei die Einsamkeit am ersten Abend zu Hause erneut erreicht. „Du hast Glück, kleiner Engel“, erklärte Amor, „sie haben wieder die gleiche Woche an Bord gebucht, auf dem Schiff mit dem Kussmund. In sechs Monaten fahren sie gemeinsam um die Kanarischen Inseln.“ Hoffnungsvoll blickte ich den großen Amor an. „Dieses Mal“, sagte er, „werde ich dich begleiten. Du wirst sehen, diese Aufgabe wird am ersten Abend mit einem Pfeil gelöst sein.“

Amor kam zu mir um den Tisch herum und legte mir seine große Hand auf die Schulter: „Jeder hat eine zweite Chance verdient. Auch Engel.“ Dann tippte er auf der Tastatur seines Computers etwas ein. Auf dem Bildschirm erschien eine Heiratsanzeige. Hatte Amor in die Zukunft „gegoogelt“?

Verflossen

Sie stand an der Reling und schaute auf das trostlose Hafenbecken. Containerhäfen sahen nie schön aus, selbst wenn sie sich in der Karibik befanden. Das Schiff war bereit für eine weitere Reise. Zur Begrüßung der neuen Kreuzfahrtgäste wehte die übliche Fahnengirlande quer über das Schiff. Sie dachte an ihre Freundin, die sie verloren hatte. Wie gern war M. in die Karibik gereist und stets braun gebrannt zurückgekommen. Oft war sie neidisch gewesen, denn sie selbst bekam schon eine Sonnenallergie, wenn der erste Frühlingsstrahl vom Himmel schien. Inzwischen, dank guter kosmetischer Vorsorge, überzog ihre Haut eine leichte Bräune, ohne die hässlichen, juckenden Flecken, die früher aufgetreten waren. Wie kalt war es vor drei Wochen gewesen, als sie in Genua das Schiff zu ihrer einzigartigen Reise bestiegen hatte. Sie war dabei, sich den Traum zu erfüllen, den viele träumen, jedoch nur wenige umsetzen: um die Welt reisen. Na, nicht ganz, aber sie würde zumindest noch hundert Tage die halbe Welt sehen. Den Panamakanal, das sonnige Kalifornien, die traumhafte Südsee, das weit gestreckte Neuseeland, das große Australien und die exotischen Kulturen in Asien warteten darauf, von ihr entdeckt zu werden. Die Südsee, und besonders Bora Bora, waren auch die Traumziele ihrer Freundin gewesen.

Wieder kehrten ihre Gedanken zu den letzten Wochen vor ihrer Abreise zurück und an den Schmerz, den sie erfahren hatte. Sie dachte an die vielen Nächte, in denen sie wachlag, oder an die, in denen sie vor lauter Angst vor Schlaflosigkeit Unmengen an Wein trank. In den „Weinnächten" hatte sie keine Probleme gehabt, in den Schlaf zu finden, doch die Träume, die sich in ihren Kopf schlichen, waren grauenhaft gewesen. Die Ereignisse der letzten Monate drehten sich wie ein immer schneller werdendes Karussell. Morgens war sie so gerädert, dass sie an einigen Tagen den Weg zur Arbeit nicht schaffte. Ihr Chef war zwar nicht begeistert darüber gewesen, hatte aber stets so getan, als würde er ihre fadenscheinigen Entschuldigungen glauben. Das Ende ihres Berufslebens war ohnehin in Sichtweite, niemand hatte zum Abschluss Großes von ihr erwartet. Schlimmer waren die Nächte gewesen, in denen sie keinen Schlaf fand und sich im viertelstündigen Takt von einer auf die andere Seite drehte. Immer die Bilder an diesen vergangenen, schlimmen Tag vor Augen. Der Tag, an dem sie verloren hatte. Entgegen allen Prognosen ihrer Freunde ließ der Schmerz nicht mit der Zeit nach. Er war schlimmer geworden. Er hatte sie manches Mal fast aufgefressen und er tat weh bis in die tiefsten Organe ihres Körpers. Immer wieder ging sie die Ereignisse der letzten Monate durch. Sie konnte sich nicht erinnern, etwas falsch gemacht zu haben, musste es aber getan haben, sonst wäre das Ergebnis nicht dieses gewesen. In einer der schlimmen Nächte hatte sie den Entschluss gefasst, diese Reise zu buchen. Es schien ihr der beste Beginn des „freien Lebens“ zu sein. Außerdem erhoffte sie sich, auf diese Weise eine große Entfernung zu der Sache mit M. zu schaffen.

Sie wandte sich von der Reling ab und schaute auf die Uhr. Es war gerade kurz nach fünf. Bis zum festlichen Willkommensdinner für die neuen Passagiere hatte sie gut zwei Stunden Zeit. Sie beschloss, kurz ihren E-Mail-Eingang zu überprüfen. „Keine neuen Nachrichten“, sagte ihr Account. Wie in den letzten drei Monaten. Wer sollte ihr schreiben?

M. und sie hatten sich täglich mehrere E-Mails geschickt. Alle anderen Bekannten erwarteten eher eine Nachricht von ihr von der großen Reise. Mit M. ging dieses tägliche Ritual zu Ende. Sie fühlte sich unendlich einsam, als sie später alleine zum Willkommensdrink in die Sea-Lounge ging. Sie stand dort kurze Zeit ein wenig hilflos herum, plauderte dann aber mit zwei Offizieren und ging von dort aus direkt zum Abendessen. Passagierwechsel bedeutete, sie bekam neue Tischnachbarn. Sie fürchtete sich davor. Auf der letzten Reise war es ein reizendes junges Ehepaar gewesen, das seine Flitterwochen an Bord verlebte. Sie redeten über viele amüsante Dinge und bemerkten nicht, dass sie kaum etwas Privates preisgab. Sie hatten sogar auf Aruba gemeinsam einen Landausflug unternommen und hatten ihr zum Reiseende ihre Visitenkarte überreicht mit der Bitte, sich nach der großen Reise zu melden. Vielleicht würde sie es tun, sie legte die Karte in eine Schatulle in ihrer Kabine.

Der Maître führte sie wie jeden Abend zu ihrem Tisch. Niemand saß dort. „Wer wird bei dieser Reise an meinem Tisch sitzen?", fragte sie ihn lächelnd. Der Maître war ein netter, zuvorkommender Mann von ungefähr vierzig Jahren. Er plauderte oft über die Weinauswahl hinaus mit ihr. Heute sah er leicht verlegen zu Boden und antwortete: „Niemand, Madame, wir sind nicht ausgebucht, und die Paare bevorzugen Zweiertische. Es tut mir leid." Sie nickte und verstand. Sie war allein und würde es bleiben, zumindest die nächsten zwei Wochen, denn hier an Bord rechnete man in Kreuzfahrtabschnitten.

„Ich bin gleich zurück mit der Weinkarte", versprach er eifrig und ließ sie mit der Menükarte zurück. Sie schlug die Karte auf, die Buchstaben tanzten vor ihren Augen. Nach einer Weile legte sich das. Eine der angebotenen Vorspeisen war Tomaten-Mozzarella-Salat. Sie dachte wieder an M., sie hätte garantiert diese Vorspeise gewählt. Sie las die Karte weiter und suchte aus, was ihre Freundin bestellen würde. Als der Maître mit der Weinkarte an ihren Tisch kam, bestellte sie Sekt. M. hatte immer Sekt getrunken. Falls der Maître verwundert war, ließ er es sich nicht anmerken. Dazu bestellte sie das „M.-Menü". Da viele neue Gäste angereist waren, hatte der Maître heute keine Zeit, mit ihr zu plaudern. Es war ihr recht. Versunken in das wunderbare Menü gingen ihre Gedanken auf eine Reise in die Vergangenheit. Sie sah sich selbst, sie sah die Freundin, sie sah frühere Situationen. Manchmal schüttelte sie den Kopf, dann wieder lachte sie laut. Sie nahm ihre Umgebung längst nicht mehr wahr, und es war ihr egal, was die Gäste des gesamten Speisesaals über sie dachten. Ihr fiel auf, dass man auf einem Schiff andere Sichtweisen der Dinge entwickelt, und als sie nach dem köstlichen Nachtisch aufstand, war sie voller innerer Zweifel und beschloss, ein paar Runden auf dem Deck zu drehen, um wieder einen klaren Kopf zu bekommen.

Als sie später am Abend ihren üblichen „Gute-Nacht-Drink" in der Neptun-Bar einnahm, beschloss sie, dass es genug Schweigemonate gegeben hatte. Morgen würden sie in St. Marten liegen, M.s Lieblingsinsel. Sie war sich sicher, dass auch ihre Freundin unter der langen Zeit des Schweigens gelitten haben musste. Sie hatte sich beim Abendessen derart in sie hineinversetzt, dass sie meinte, die Gefühle ihrer Freundin spüren zu können, über die Weite des Ozeans hinweg. Sie würde nach der Reise den ersten Schritt tun. Schweigen war auf Dauer keine Lösung. Sie konnte M.s Erleichterung darüber wieder fast körperlich spüren wie zuvor ihre Verzweiflung. Sie würden wieder Freundinnen. Vielleicht würde sie mit ihr gemeinsam die nächste große Reise machen, dann würde sie an einem Zweiertisch sitzen und keine Gesellschaft wollen. Entgegen ihrer Gewohnheit ließ sie den netten Barkeeper einen zweiten „Gute-Nacht-Drink" mixen. Sie war wieder im Reinen mit sich selbst und mit M.

Als sie später in die Kabine kam, fand sie ein Telegramm, das Armin, der Sohn von M., über die Reederei geschickt hatte.

Der Inhalt war kurz und knapp:

„Meine Mutter ist heute Nacht verstorben STOP Beerdigung am kommenden Samstag STOP M. hat in den letzten Wochen viel von Ihnen gesprochen STOP Ich weiß, dass Sie auf Weltreise sind und nicht teilnehmen können STOP Melden Sie sich doch bitte nach Rückkehr bei mir STOP Es gibt noch einen Brief, der für Sie bestimmt ist STOP Gruß Armin STOP"

In dieser Nacht vergoss sie mehr Tränen als in den letzten Monaten. Gab es doch kein schlimmeres Gefühl, als zu spät entschieden zu haben. Sie überlegte, ob es wohl eine Rückflugmöglichkeit von St. Martin für sie gab.

Abgehängt

Mein Zeiger rückte auf Punkt 12 Uhr vor. Gong. Es war Mittagszeit, und das nicht nur in Berlin, meiner Zeitzone, die ich stolz präsentierte, sondern auch auf unserem Kreuzfahrtschiff, das Kurs auf den Heimathafen Hamburg genommen hatte. Nun war nach langer Fahrt um die Welt endlich wieder meine Uhrzeit dran, aber der Gong kam nicht von mir. Dieser kam über die verkabelte Schiffsanlage und sogleich ertönte die Stimme der charmanten Rezeptionsmitarbeiterin Anna durch das Mikrofon in alle Kabinen und öffentlichen Bereiche des Schiffs. Ich konnte Anna sehen, wie sie sich über das Mikro beugte. Sie kündigte den Beginn des Mittagsessens in den Restaurants an. Sie sah süß aus mit ihren hochgesteckten Haaren. Wie immer wackelte sie bei ihrer Durchsage ein wenig mit dem rechten Fuß. Ein Traum von einer Frau, gerade fünfundzwanzig Jahre und eine echte Bereicherung für das Rezeptionsteam. Sie kam vor zwei Monaten in Bali an Bord und neben den alleinreisenden Herren war nahezu die ganze männliche Crew in sie verliebt, ich eingeschlossen. Lange, blonde Haare und eine Figur wie Heidi Klum, ein messerscharfer Verstand und ein Umgang mit den Gästen, der seinesgleichen suchte.

Ich schielte nach links. Anstatt dass mein Nachbar auf der Zahl 14 stand, der aktuellen Zeit für Moskau, war er wieder „verreckt“ und sein Zeiger stand unbeweglich auf 13 Uhr. Bis vor einem halben Jahr war er noch die „Tokio-Uhr“ gewesen, doch seitdem die Reederei beschlossen hatte, den ostdeutschen Markt zu erschließen, war er kurzerhand in eine „Moskau-

Uhr“ verwandelt worden. Er kam mit der Umstellung nicht zurecht, und aus lauter Angst, die alte Zeit nicht einholen zu können, blieb er ständig stehen. Genervt schaute ich nach rechts zu meinem Kumpel, der „New-York-Uhr“. Er gähnte, es war gerade erst 6 Uhr morgens seiner Zeit. „Wie immer, gleich kommt der Techniker Peter mit der Leiter und macht einen großen Aufstand“, flüsterte er mir mit müder Stimme zu. Eifersüchtig nickte ich. Peter war ein gut aussehender Bursche von knapp dreißig Jahren und flirtete ständig mit „meiner“ Anna. Dabei war ich ihr doch am Nächsten. Mich strahlte sie jeden Morgen an und sagte: „Guten Morgen, Berlin.“ Passend zu meiner Uhrzeit kam Leben in die Passagiere. Sie alle gingen strammen Schrittes an der Rezeption vorbei in Richtung Speisesaal. Das Fünf-Gänge-Menü wollte keiner auch bei gutem Wetter verpassen. Wie erwartet erschien Peter, grinste Anna an und baute seine Leiter auf. Anstatt sie vor die „Moskau-Uhr“ zu stellen, platzierte er sie direkt vor der Uhr ganz rechts außen, der „San-Francisco-Uhr“. Diese erschrak, zeigte sie doch 3 Uhr nachts und war grausam aus dem Tiefschlaf gerissen worden. „Es ist Moskau, wie immer“, lächelte Anna den Techniker an. Geschmeidig, mit einem Hüftschwung, näherte er sich ihr und gab zurück: „Weiß ich. Wollen wir nicht erst einen Kaffee zusammen trinken? Jetzt sind eh alle zu Tisch.“

Ich wollte gerade laut aufschreien vor Empörung, als der Hoteldirektor, Klaus Rieser, direkt auf die Rezeption zukam. „Mist“, murmelte Peter, begann seine Leiter zu versetzen und machte sich an der „Moskau-Uhr“ zu schaffen. „Hallo Anna“, grüßte Klaus charmant, ich habe gerade ein Fax der Reederei bezüglich der Uhren erhalten.“ Interessiert drehte sich Peter auf seiner Leiter um. „New York“ und ich blickten einander verständnislos an. „San Francisco“ wurde langsam munter und starrte misstrauisch auf den Hoteldirektor herunter.

Eine schrille Stimme tönte plötzlich durch die Rezeption. „Ach, da sind Sie ja, mein Lieber.“ Auf den Arm des Hoteldirektors Klaus legte sich eine nicht mehr ganz junge Hand, die einer unermüdlichen Vielfahrerin gehörte. „New York“ und ich grinsten einander hämisch an. Wir kannten die Dame von vielen Reisen auf unserem Schiff. Sie war um die sechzig und wurde regelmäßig von ihrem beruflich eingespannten Mann allein auf Reisen geschickt. Dabei war ihr einziges Ziel, sich für die Dauer der Reise mit den schmucken Offizieren zu vergnügen. Klaus war bisher tapfer davongekommen, aber heute, am letzten Tag dieser Kreuzfahrt, galt es noch mal alles zu versuchen. Während die Vielfahrerin Klaus befragte, wie es sein konnte, dass der Salat nach Tagen auf See so knackig aus der Küche käme, machten wir Uhren uns Sorgen, was der eigentliche Besuch des Hoteldirektors an diesem Mittag an der Rezeption zu bedeuten hatte. Schließlich gelang es Klaus, den Gast freundlich abzuwimmeln. Mit einem „Wir sehen uns heute Abend noch“, entschwand sie, nicht ohne noch neckisch zu zwinkern, Richtung Speisesaal. Klaus schüttelte den Kopf, als er ihr nachsah, und wandte sich dann wieder Anna zu.

„Also, Anna, die vier Uhren werden morgen in Hamburg demontiert. Die Reederei hat geschrieben, dass stattdessen ein moderner Flachbildschirm mit einem umfangreichen Infoprogramm installiert wird.“ Wir Uhren schrien auf. Leider hörte uns niemand, es war eher ein innerer Schrei, und mein

Ticken setzte beinahe aus. Anna drehte sich um, als ob sie uns doch gehört hätte, und schaute mitfühlend hinauf, wie es mir schien. An Klaus gewandt sagte sie: „Aber viele Gäste lieben die alten Uhren und den Vergleich der Zeitzonen." Wir nickten eifrig und mit offenem Mund. Ich wusste, Anna liebte uns und speziell mich. Der Hoteldirektor studierte das Fax und gab zur Antwort: „Es wird eine digitale Uhrzeitanzeige geben, die als Banner durch das Bild läuft. Da werden sogar noch mehr Zeiten als jetzt angezeigt." Wir hatten ausgedient. Ich war entsetzt. Was würde man mit uns tun? Seit über zwanzig Jahren hingen wir an diesem Platz. Bei jedem Werftaufenthalt waren wir liebevoll gereinigt und neu aufgehängt worden. Das alles sollte vorbei sein? Der Hoteldirektor verließ die Rezeption. Peter wandte sich wieder der „Moskau-Uhr" zu. Wie von selbst hatte sie plötzlich zu laufen begonnen. Er klappte seine Leiter zusammen und schaute Anna an. „Die Uhren", begann er vorsichtig, „haben mich oft aus dem Maschinenraum hinauf zu dir geführt." Anna lächelte verlegen und strich sich eine Haarsträhne aus dem Gesicht. „Ja, und ich habe mich gefreut", gestand sie. Er lächelte. „Musst du sie morgen früh abhängen?", fragte sie traurig. Er kramte in seiner Hosentasche nach dem Arbeitsplan für den kommenden Tag. „Ja", erwiderte er, es wird meine letzte Amtshandlung sein, morgen Mittag steige ich aus und gehe in Urlaub." Sie schaute noch trauriger als zuvor und murmelte: „Ach so." „Aber, ich komme wieder. In acht Wochen steige ich in Singapur zu", versprach er eifrig. Ich fasste es nicht, wir waren mittendrin in einer beginnenden Liebesgeschichte. So muss es wohl im Kino sein, nur das Popcorn fehlte. „New York" verteilte unterdessen Taschentücher. Wir heulten um die Wette und selbst „San Francisco" wollte jetzt nicht mehr schlafen. Warum wir weinten? Zum einen weil unser Schicksal ungewiss war, zum anderen weil eine anscheinend beginnende Romanze durch menschliche Planungen im Keim zu ersticken drohte. Ganz eifersuchtsfrei ging diese Sache nicht an mir vorüber, aber ich war intelligent genug zu verstehen, dass es neben mir für Anna einen realen Partner geben musste. Dann am besten diesen Peter, der sich mit unserem Uhrwerk auskannte und wusste, wie wir ticken. Gäste, die auf die Rezeption zukamen, setzten dem Gespräch zwischen den zweien ein Ende. Als Anna gegen 3 Uhr in der Früh endlich Feierabend hatte, schaute sie noch mal liebevoll zu uns hinauf und winkte uns traurig zum Abschied.

Als sie am nächsten Nachmittag ihren Dienst an der Rezeption antrat, waren wir Uhren weg. Ich stellte mir vor, wie sie unglücklich seufzen und angewidert das moderne Infoboard betrachten würde. Peter war schon eine Stunde vor seinem regulären Arbeitsbeginn bei uns am Morgen erschienen. Zu Helmut, dem alten Nachtportier, sagte er nur knapp: „Je eher ich hier fertig bin, desto besser, ich steige heute ab." Dieser nickte und verstand, auch er freute sich auf seinen letzten Arbeitstag an Bord, der aber erst in zwei Wochen in Lissabon sein würde. Liebevoll packte Peter uns in eine Kiste und verschwand. Anstatt uns auf Deck 1 zur Müllstation zu bringen, pfiff er seelenruhig ein frohes Lied und schlug den Weg zur Lido-Lounge ein. Wir Uhren schauten uns ratlos an. Die Lounge war leer um diese Zeit. Er stellte die Kiste auf den Tisch und erklärte uns: „Anna wird euch vermissen, aber sie wird euch finden, wenn sie heute Abend einen Rundgang über das Schiff macht, um sich die Einsamkeit zu vertreiben. Für jeden von Euch habe ich einen besonderen Platz ausgesucht, Ihr werdet auf eurem Schiff bleiben." Wir Uhren strahlten uns an,

„New York“ und ich tauschten einen gedanklichen Gongschlag aus. Hauptsache an Bord, wenn auch getrennt. Ich würde Anna weiterhin sehen können. In der Lido-Lounge wurde „San Francisco“ platziert. Hier hatte er es schön ruhig und auch sein penetrantes Schnarchen würde keinen Gast stören, denn die Lounge war einer der ruhigen Rückzugsräume des Schiffes. „New York“ war als Nächster dran. Er bekam seinen Platz in der Disko, wo das Leben auf diesem Schiff niemals schlief. Begeistert winkte er mir zum Abschied zu. „Moskau“ fand im Ruheraum vor der Sauna eine neue Heimat, wo die Passagiere nach einem Gang entspannen konnten und sich nicht daran störten, dass er andauernd stehenblieb. Nun war ich gespannt, welchen Platz Peter für mich ausgewählt hatte. Am Restaurant Berlin, auf welches ich heimlich getippt hatte, ging er vorbei. Er betrat mit mir die Crewbar. „Dich, Berlin, hat sie besonders lieb“, flüsterte Peter mir zu, „und daher wirst du einen ganz besonderen Platz und zudem eine Aufgabe von mir erhalten.“

Glücklich wartete ich den ganzen Tag auf Anna. Endlich, spätabends, betrat sie die Crewbar. Sie sah müde und frustriert aus. Sie ließ sich an der Bar nieder und schaute direkt in mein Gesicht. „Berlin“, sie schwang sich vom Hocker, kam um den Tresen herum und streichelte mich zärtlich. Auch ohne mein Ortsschild hatte sie mich sofort erkannt. Ich strahlte. Mein altes Uhrenherz klopfte aufgeregt. Wir waren wieder vereint. Sie hatte mich wirklich vermisst, da war ich mir ganz sicher. Weil „meine“ Anna ein schlaues Mädchen war, entdeckte sie, dass an meinem rechten Uhrenrand ein Stück Papier herauslugte. Sie hängte mich ab. Ihre Hände zitterten leicht, als sie den Zettel gespannt herauszog, den ich sorgsam verborgen und bewacht hatte. Auf dem Zettel stand:

„Liebste Anna, ich bin mir sicher, dass Du noch vor dem Hafen von Le Havre meine Nachricht finden wirst. Unsere Uhren habe ich sorgsam auf dem Schiff verteilt. Sie sollen Dich daran erinnern, dass die Zeit weiterläuft, und somit auch die Zeit, bis wir uns wiedersehen, kürzer wird. „Berlin" habe ich Dir bewusst in die Crewbar gehängt, dann da haben wir uns am Tresen das erste Mal unterhalten. Ich freue mich auf Dich in Singapur, Dein Peter"

Innig drückte Anna mich. Ich war im siebten Uhrenhimmel. Von ihrem herzhaften Kuss beschlug meine ganze Scheibe. Aber das machte mir nichts.

Die Täuschung

Sie kannte die Hand, die eine Buffetgabel hielt und zeitgleich mit ihr nach dem französischen Weichkäse griff. Es war über zwei Jahre her. Sie hätte sie unter allen Händen auf der Welt erkannt. Diese Hand hatte sie oft zärtlich gestreichelt, Kellner herangewunken und auf ihrer Schulter gelegen, um sie sanft und behutsam durch Menschenmassen zu geleiten. Es war aber auch die Hand, die zum Schluss mit der Faust auf den Tisch gehauen hatte, aus lauter Unverständnis heraus über ihre Entscheidung. Und es war dieselbe, die sie zum letzten Mal gedrückt hatte, als sich ihre Wege trennten. Sie hatte noch ihre eigenen Abschiedsworte im Kopf, die kurz und knapp gewesen waren: „Machs gut." Plötzlich nahm sie seinen vertrauten Geruch war. Das konnte nicht sein! Es gab bestimmt hundert Schiffe, die im Juli im Mittelmeer fuhren. Warum waren sie auf demselben? Sie drehte den Kopf und schaute in seine Augen. Er lächelte. Da bemerkte sie das junge, blonde Mädchen neben ihm, seine Tochter Valerie. Sie hatte genug Bilder gesehen in all den Jahren. Von ihm, seiner Frau, seiner Tochter. Er war an Bord mit der Familie. Der treue Ehemann, der doch auf der Suche nach anderem gewesen war. Schnell schnappte sie sich das Stück Käse, machte auf dem Absatz kehrt und lief zu ihrem Tisch zurück, an dem Monika ungeduldig auf sie wartete.

Ihre Freundin bemerkte ihre Gefühlswallungen nicht. Sie plauderte fröhlich über den kommenden Tag und ihre Ausflugspläne für Rom. Ihr war übel, während Monika munter weiterplapperte, spähte sie vorsichtig durch das Buffetrestaurant. Sie waren gestern an Bord gekommen, da hatte sie ihn nicht gesehen. Auf der Auslaufparty gestern Abend an Deck ebenso. Aber bei einem Schiff, das zweitausend Passagiere aufnehmen konnte, war dies nicht verwunderlich, wenn man sich nicht gleich sah. Nun hatten sie sich getroffen und sie war erstaunt, den Schmerz intensiv wie vor zwei Jahren zu fühlen. Sie dachte, sie hätte das Gefühl vergessen, verdrängt, genug durchlitten. Zwei Jahre lang waren sie ein „Paar" gewesen. Sie hatte ihn auf einem Kongress kennengelernt und in der ersten Nacht hatte sie sich unsterblich in ihn verliebt. Leider musste sie am nächsten Morgen erfahren, dass es da eine Ehe und ein Kind gab. Doch sie war so in ihn verliebt, dass sie beschlossen hatte, um ihn zu kämpfen. Zwei Jahre später endete ihr Kampf, als sie durch Zufall von einem gemeinsamen Geschäftspartner erfuhr, dass seine Frau erneut schwanger sei und das Kind im nächsten Monat kommen sollte. Sie beendete diese Beziehung schweren Herzens, er machte es ihr dabei nicht leicht. Als sie auf keine seiner Nachrichten mehr antwortete, schien er begriffen zu haben. Einmal noch, vor einem Jahr, hatte er ihren Anrufbeantworter besprochen, doch anstatt die Nachricht abzuhören, löschte sie diese vor Aufregung, als sie seine Stimme vernahm.

Sie bemerkte, dass Monika schwieg und sie prüfend ansah. „Was ist los? Du stocherst da auf dem armen Stück Käse herum, als ob du es lynchen willst." „Er ist an Bord, mit seiner Familie. Ich habe ihn mit Valerie am Käsebuffet getroffen." „Er?", erwiderte die Freundin gedehnt und wenig erschrocken. Monika goss sich seelenruhig einen großen Schluck vom Hauswein, der in Karaffen auf dem Tisch stand, ein und fuhr fort: „Das ist ja ein Zufall, was?" Sie wollte Monika gegenüber gerade zum Ausdruck bringen, dass sie diesen Zufall verteufelte, als sich ihr erneut diese Hand entgegenstreckte und sie begrüßen wollte. Sie sah auf und zum zweiten Mal an diesem Tag in seine Augen. Er war allein. In diesem Moment ertönte über den Bordlautsprecher die fröhliche Stimme des Kreuzfahrtdirektors, der seine Gäste über das weitere Abendprogramm informierte. Sie sprang auf. Der Stuhl, auf dem sie gesessen hatte, kippte. Er versuchte, den Stuhl festzuhalten. So gelang es ihr, sich an ihm vorbeizudrängen und Hals über Kopf aus dem Restaurant zu flüchten. Sie hörte noch, wie er ihren Namen rief, doch sie rannte und rannte. Vom Ausgang des Restaurants aus drei Treppen nach oben, bis sie das Sonnendeck erreichte. Dort blickte sie sich kurz um und stellte fest, dass er ihr nicht gefolgt war. Sie schritt zügig voran und hatte keinen Blick für den traumhaften Sonnenuntergang, den dort gerade viele Mitreisende genossen. Sie war wie in Trance, als sie das Heck des Schiffes erreichte. Dort ging es nicht mehr weiter. Sie sah nur Wasser. Land war weit und breit nicht in Sicht, denn sie würden erst in neun Stunden den Hafen von Rom erreichen.

Sie starrte auf die Gischt und auf die Fahrstraße, die das Schiff in das Meer hineingrub. Augenblicklich begriff sie, dass ein Weglaufen nicht möglich war. Sie konnte sich nur geschickt vor ihm auf diesem großen Schiff verstecken und morgen mit dem Flugzeug von Rom nach Hause fliegen. Monika würde nicht begeistert sein. Darauf konnte sie keine Rücksicht nehmen. *Diese eine Nacht an Bord muss ich mit der Gewissheit seiner Nähe ertragen,* dachte sie, während sie zur Stärkung rasch einen Wodka an der Heck-Bar trank und dann befand, dass der sicherste Platz vor ihm in ihrer Kabine war. Da sie Angst hatte, ihn auf dem Deck zu treffen, wählte sie einen

Weg, der sie zum Teil durch Kabinenflure führte. Im Grunde war dies gefährlich, er konnte mit seiner Familie praktisch jede Kabine hier bewohnen. Wie gut, dass sie die Schiffsführung am Morgen mitgemacht hatte. Sie war bestens orientiert, als sie im Abschnitt D auf Deck 4 herauskam. Exakt zwei Decks höher über die Treppe und sie wäre in ihrer Kabine angekommen. Als sie auf Deck 5 gerade die nächste Treppe Richtung Deck 6 nehmen wollte, gab sich ihr kurz der Blick auf die Fenster des englischen Pubs frei. Sie erstarrte. Deutlich konnte sie durch das Fenster einen Teil der Bar einsehen. Dort saß ihre Freundin Monika mit ihm. Sie schlich sich an das Fenster heran und beobachtete die beiden. Sie schienen sich angeregt zu unterhalten. Er bestellte gerade mit der vertrauten alten Geste Getränke. Sie gab ihrem Impuls wegzulaufen nicht nach, sondern schlich näher an den Eingang des Pubs. Hier konnte sie Wortfetzen verstehen. Sie sprachen über sie! Sie konnte noch nicht alles deutlich verstehen, aber es wurde ihr nach einigen Minuten des Zuhörens klar, dass das Zusammentreffen auf dem Schiff kein Zufall war, sondern eine geplante Aktion von ihm und ihrer Freundin. Das war unfassbar für sie. Monika wusste, wie sie gelitten hatte.

Und nun bestellte sie ihn in ihren Urlaub ein und er war gekommen. Hektisch und erneut von Panik angetrieben, wendete sie sich vom Pub ab und prallte mit Valerie zusammen. Diese lächelte sie strahlend an, sie rannte weg. Sie nahm zwei Stufen auf einmal nach Deck 6. In ihrer Kabine angekommen, riss sie die Kleiderschränke auf und begann, ihren Koffer zu packen. Es war ihr egal, was Monika dachte. Morgen in Rom würde sie das Schiff verlassen. Sie fühlte sich von der Freundin hintergangen. Sollte diese doch mit ihm nach Rom fahren.

Als alles gepackt war bis auf die Kosmetiksachen, zog sie ihr Schlafshirt an und blickte aus dem Kabinenfenster, das die Form eines Bullauges hatte. Sie meinte, sie könnte die Küste sehen, überall waren helle Lichter in der Ferne erkennbar. Dieser romantische Anblick, es wurde ihr alles zu viel. Zu aufgewühlt, um diesen Ausblick zu genießen, legte sie sich auf ihre Seite des großen Doppelbetts und wartete auf Monika. Irgendwann musste sie kommen und dann würde sie ihre Freundin zur Rede stellen. Offensichtlich war er mit Valerie alleine an Bord gekommen. Derweil hütete seine Frau sicherlich zu Hause das Baby und hatte keine Ahnung, warum er eine Kreuzfahrt durch das Mittelmeer gebucht hatte. Neben der Trauer empfand sie blanke Wut. Wut auf ihn, auf Monika und auf sich selbst, weil er sie und ihre Gefühle noch immer berührte. Sie schaute auf den Wecker, es war fast 2 Uhr nachts. Sie schlief ein, Monika war noch immer nicht in die Kabine gekommen.

Ein leichtes Vibrieren und ein erster Sonnenstrahl, der in die Kabine fiel, weckte sie gegen 6 Uhr in der Frühe. Sie schaute nach rechts, Monika lag friedlich schlafend neben ihr. Sie sprang mit einem Satz aus dem Bett und sah aus dem Fenster. Sie waren mitten auf hoher See! Weit und breit war kein Hafen in Sicht. Sie rüttelte an Monikas Schulter. Diese gab unwirsche, knurrende Laute von sich. „Monika, wach auf! Ich habe mit dir zu reden!“, sagte sie laut und so nachdrücklich, dass Monika endlich ein Auge aufklappte. „Wollen wir nicht noch ein wenig schlafen?“, gähnte sie mit müder Stimme. „Nein, jetzt wirst du mir erst erklären, was ...“, mitten im Satz brach sie ab. Ihr gepackter Koffer war weg! Gestern Abend hatte er links neben ihrem Bett gestanden. „Wo ist mein Koffer?“, rief sie verzweifelt. „Unter dem Bett, meine Liebe, brauchst du den Koffer denn jetzt?“, wunderte sich Monika.

Tatsächlich, der Koffer lag unter dem Bett, und als sie ihn hervorgezerrt hatte, stellte sie fest, dass er leer war. Sie riss die Schranktüren auf. Ihre Sachen hingen ordentlich auf den Bügeln. Monika kam das Verhalten ihrer Freundin langsam seltsam vor. Sie setzte sich auf und wollte wissen: „Was ist denn bloß los? Für einen ersten Urlaubstag an Bord machst du eine schöne Hektik.“ „Warum legen wir nicht im Hafen an?“, fragte sie Monika irritiert. „Weil wir erst morgen in Rom ankommen, heute ist Dienstag und wir haben Seetag“, gab Monika zurück und verschwand kopfschüttelnd im Bad.

Sie setzte sich erschöpft und angelte nach ihrem Handy. Deutlich zeigte es das Datum von Dienstag, dem 6. Juli an. Sie hatte geträumt! Die ganze Begegnung mit ihm hier an Bord sowie der angebliche Verrat von Monika waren ein Traum gewesen. Erleichtert atmete sie auf und ließ sich sanft auf das große Bett zurücksinken. Wie real waren ihre Gefühle im Traum gewesen! Ihr fiel alles wieder ein. Sie waren gestern an Bord gekommen und hatten abends auf der Pool-Party an Deck Cocktails getrunken. Dabei hatten sie eine lustige Herrenrunde aus Höxter kennengelernt, und aus einem Glas waren ein paar mehr geworden. Dieter, einer der Männer, hatte mit ihr getanzt, gelacht und seinen Charme spielen lassen. Sie war auf Distanz geblieben, obwohl er ihr gefallen hatte. Sie nahm sich fest vor, diesen Dieter heute noch mal anzuschauen. Es schien an der Zeit, dass sie ihr Schneckenhaus nach zwei Jahren endlich verließ. Sie war ihrer Freundin gerade sehr dankbar, dass diese sie zur Kreuzfahrt überredet hatte.

Monika kam frisch geduscht und bester Laune aus dem Bad und fragte strahlend: „Alles okay jetzt? Du hast heute Nacht unruhig geschlafen. Was hast du geträumt? Du weißt ja, was man die erste Nacht an Bord träumt, geht in Erfüllung!“

Die Sache mit dem „Apfel"

Unruhig wippte Steffi von einem Fuß auf den anderen. Sie stand in einer langen Schlange am Security-Check-in vor dem größten Kreuzfahrtschiff der Welt. Sechs Monate wollte sie auf diesem „Mega-Liner" als Weinkellnerin arbeiten. Sie blickte die Schiffwand empor, die eher einem Wolkenkratzer glich als einem Schiff. Dieser Liner hatte alles, was man sich vorstellen kann. Eine Eisbahn, vierzehn verschiedene Restaurants, achtzehn Bars, einen Sportplatz, eine Kletterwand und ein Bowling-Center. Außerdem eine Shopping-Arena, die an den Central Park erinnerte. Steffi war gespannt, bisher hatte sie nur in Hotels und Restaurants an Land gearbeitet. Doch nach einem Schicksalsschlag im fernen Deutschland war die Zeit reif gewesen für eine Veränderung. Langsam bemerkte sie bei einem Blick auf die Uhr ihre Nervosität. Ihr Flieger aus Hamburg war mit zwei Stunden Verspätung in Fort Lauderdale gelandet. Am Flughafen wartete sie lange auf ihren Koffer und der Transferbus schlich geradezu. Es war 11 Uhr morgens und in einer knappen Stunde sollte sie im Manhattan-Room-Restaurant ihren Dienst antreten. Die amerikanische Reederei legte auf strikte Einhaltung der Zeitpläne wert, wie sie den Unterlagen entnahm. Sie musste sich zuerst beim Zahlmeister anmelden und dort ihre Uniform erhalten. So blieb kaum Zeit, das Schiff vorab zu erkunden. Sie gähnte, spürte die Zeitverschiebung. Endlich war sie an der Reihe. Sie legte ihre Handtasche sowie ihre Jacke in die bereitstehenden Boxen. Als sie durch den Infrarotscanner ging, piepte es. Erschrocken ertastete sie ihr iPhone in der linken hinteren Hosentasche. „Ma'am", der Security Offizier reichte ihr eine weitere Box. Sie ging erneut durch den Scanner und kein Signal erklang. 11.15 Uhr, hektisch räumte sie die Boxen aus, stopfte das iPhone in ihre Handtasche und lief der Gangway des Schiffes entgegen.

Da sie im Flugzeug die Deckpläne auswendig gelernt hatte, fand sie ohne Probleme ihre Kabine, anschließend das Zahlmeisterbüro und stand pünktlich um 11.55 Uhr im Manhattan-Room-Restaurant. Die Mittagsschicht ging schnell und ohne Probleme vorüber. Sie fand sich gegen 15 Uhr in ihrer Kabine ein. Zum Schlafen war sie viel zu aufgeregt. Sie ging an Deck, um ihre Mutter anzurufen und einen ersten Rundgang über das Schiff machen. Mit dem Aufzug fuhr sie hinauf zum Deck 15 und sah Passagiere, die eifrig die Wellenanlage nutzten. *Sogar surfen kann man hier*, dachte sie überwältigt. Sie stellte sich an die Reling und nahm ihr iPhone aus der Tasche. „Was ist das?", überlegte sie. Unter den kleinen Icons sah sie als Bildschirmhintergrund einen wunderschönen Sonnenuntergang. Auf ihrem iPhone jedoch befand sich aber ein Foto ihres Vaters. Geübt schob sie mit dem Finger den Balken nach rechts, wählte die Funktion „SMS" aus. In diesem Moment wurde ihr endgültig klar, dass es sich bei diesem Gerät nicht um ihres handeln konnte. *Es muss eine Verwechselung beim Security-Check gegeben haben*, dachte sie. Wenn sie dieses Telefon hatte, wer hatte ihres? Nervös lief sie eine Weile auf dem Deck hin und her.

Ihr iPhone war ihr Ein und Alles. Nicht nur weil sie damit in den nächsten sechs Monaten Kontakt mit ihrer Mutter und den Freunden halten konnte, sondern auch, weil es das letzte Geschenk ihres Vaters war, bevor er überraschend mit knapp sechzig Jahren verstarb. Nach einer Weile beschloss sie, ihre

Mutter von dem fremden Telefon kurz anzurufen, denn diese wartete schließlich auf ein Lebenszeichen von ihr aus dem fernen Amerika. Ihrer Mutter gegenüber erwähnte sie beim Telefonat nichts von den vertauschten Apparaten.

Nach dem Anruf ging sie an die Rezeption des Schiffes und fragte, ob jemand sich wegen eines verlorenen iPhones gemeldet hätte. Lächelnd verneinte die amerikanische Kollegin dies, notierte aber Steffis Kabinennummer. Um 18 Uhr hatte sie wieder Dienst, und als sie danach gegen Mitternacht in ihr Bett kroch, schlief sie sofort ein. Der Jetlag hatte sie endgültig übermannt.

Dafür war sie um 4 Uhr Ortszeit hellwach. Ihr Dienst begann erst nachmittags. Sie duschte ausgiebig. Danach hüllte sie sich in einen flauschigen Bademantel und griff zum iPhone. Sie musste herausfinden, wem es gehörte. Sie rief zunächst die fremden Kurznachrichten auf. Die Ausbeute war enttäuschend, es waren kaum welche gespeichert. Eine begrüßte den Telefoninhaber in den USA. Klar, die Person war mit ihr an Bord gekommen. Sie rief die Funktion „Fotos“ auf. Neben dem bekannten Sonnenuntergangsbild fand sie Landschaftsaufnahmen, die vermutlich aus Italien stammten. Ein Foto zeigte einen jungen Mann und eine ältere Frau in inniger Umarmung. Sie sah ihn genauer an. Er musste in ihrem Alter sein, war blond und für ihren Geschmack gut aussehend.

Ob die Frau seine Mutter ist?, überlegte Steffi. Es waren viele Apps auf dem Gerät, aber die meisten waren allgemeiner Natur. Steffi klickte auf den Maileingang. Ein schlechtes Gewissen überkam sie. Automatisch setzte sie damit den kostenintensiven Empfang im Ausland in Gang. Das Postfach hieß „caesar@web.de“. Sie lächelte. Mit ihren schwarzen Haaren, die im Pony kurz geschnitten waren und an den Seiten lang herunterhingen, und ihrer hellen Hautfarbe hatte man sie oft Kleopatra gerufen. Sie las nur die neuste Mail: *„Hallo, mein Sohn, ich hoffe, du bist gut in Amerika angekommen, bitte melde dich bald, Mama“* Die Mail war fünf Minuten alt, was bedeutete, dass er sich noch nicht gemeldet hatte.

Da sie hier nicht weiterkam, zog sie sich an und ging in die Crewmesse zum Frühstück. Sie traf ihre Kollegin Jana, die gestern Abend mit ihr gearbeitet hatte, am Eingang und die zwei wählten einen gemeinsamen Tisch. Steffi erzählte mit trauriger Stimme von dem iPhone. „Warum rufst du nicht deine eigene Nummer an?“, fragte Jana. Steffi gab zu, dass sie diese nicht auswendig kannte. Jana lachte. Steffi zeigte Jana das Foto von dem Mann, den sie als Besitzer vermutete. „Wow, er sieht klasse aus“, schwärmte die und fuhr fort: „Das Rätsel haben wir nach dem Essen schnell gelöst, warte ab.“ Steffi schaute Jana ungläubig an, setzte das Frühstück aber deutlich fröhlicher fort. Jana schwärmte ihr von der Eislaufshow vor, die tief im Bauch des Schiffes jeden Abend auf einer eigenen Eisbahn für die Gäste lief. Gestern waren nicht alle Plätze ausgebucht gewesen und so war ein Teil der Crew in den Genuss der Show gekommen. Steffi hörte zu, sagte aber nichts. „Eislaufen ist wohl nicht dein Ding?“, fragte Jana schnippisch nach. „Nein, gar nicht, dorthin wird es mich mit Sicherheit nicht in den nächsten Monaten ziehen“, gab Steffi schnell zurück. Als sie die Teller zur Rückgabestation brachten, konnte sie ihre Tränen kaum unterdrücken. Jana sah sie bedauernd an: „Nun komm, jetzt holen wir dir dein iPhone zurück, du musst nicht weinen.“

Ergeben trottete Steffi hinter Jana hinterher, die zielstrebig vorauseilte. Sie war nicht nur wegen des iPhones traurig, sondern weil vor ihrem inneren Auge Bilder erschienen waren. Sie hatte ihre Eltern auf dem Eis gesehen, bei der Olympiade 1980 in Lake Placid in den USA. Das bekannteste Eistanzpaar Deutschlands waren sie gewesen. Seit dem Tod ihres Vaters sahen sich weder Steffi noch ihre Mutter Eissportarten an. Zu frisch waren die Erinnerungen an eine unbeschwerte Jugend, an eine wundervolle Ehe und an den unerwarteten Tod. Steffi kehrte zurück in die Wirklichkeit, als Jana vor dem Foto-Shop hielt. Wie Steffi erfuhr, war der Fotograf ihr Freund und verfügte über ein phänomenales Personengedächtnis. Er hieß John, war schwarz wie die Nacht und hatte strahlend weiße Zähne. Jana nahm Steffi das iPhone aus der Hand und zeigte es John. „Nein“, sagte der dunkelhäutige Mann aus Costa Rica, „das ist kein Passagier, der gestern zugestiegen ist. Ich hatte den ganzen Tag Dienst an der Gangway, an diesen Mann hätte ich mich erinnert.“ „Okay, dann ist er von der Crew, thank you, John, see you“, antwortete Jana und warf ihm noch eine verliebte Kusshand zu. Sie schleppte Steffi erneut energisch mit sich fort. Ohne zu wissen wohin sie rannten, folgte Steffi. Vor der Tür des Zahlmeisters blieben sie stehen. Jana riss sie schwungvoll auf. Adrian aus den Niederlanden zuckte erschrocken zusammen. „Ach, Jana“, sagte er bei ihrem Anblick mit einem entzückenden holländischen Akzent, „was kann ich für dich tun?“ Er sah Steffi an: „Na, schon eingelebt?“ Wieder nahm Jana Steffi das Telefon aus der Hand und erklärte Adrian den Grund ihres Besuchs. „Gestern waren doch alle neuen Crewmitglieder bei dir zur Anmeldung, war er dabei?“, wollte Jana wissen. „Wir hatten gestern männliche Crewmitglieder aus Schweden, von den Philippinen und aus Indonesien, die neu begonnen haben", berichtete Adrian während er in den Crewpapieren wühlte. „Seltsam, er ist Deutscher", murmelte Steffi, „wenn er kein Passagier und kein Crewmitglied ist, wer ist er?"

Die Tür zum Zahlmeisterbüro öffnete sich und Jana stieß einen Schrei aus. Vor ihnen stand Andreas Caesar. Er schaute ein wenig erschrocken bei dieser ungewöhnlichen Begrüßung. „Hallo, ich bin Andreas, habe ich etwas falsch gemacht?", wollte er wissen. Jana übernahm wieder die Kommunikation und stellte alle der Reihe nach vor. Dann erzählte sie auf Steffi deutend die iPhone-Geschichte. Steffi starrte Andreas mit großen Augen an. In Wirklichkeit sah er noch besser aus als auf dem Foto. Als Jana geendet hatte, sagte Andreas: „Oh, ich habe den Tausch noch gar nicht bemerkt, ich bin der neue Eislauftrainer und probe seit gestern intensiv mit dem Team eine neue Choreographie, die ab morgen laufen soll." Steffi war es, als ob ihr jemand den Boden unter den Füßen wegzöge. Er war Eislauftrainer! „Na, dann ist ja alles klar", antwortete Jana und fuhr an Steffi gewandt fort: „Sorry, aber ich muss gehen, mein Dienst beginnt in zehn Minuten." Fröhlich winkend verließ sie das Zahlmeisterbüro. Andreas Blick ruhte auf Steffi. Adrian erfasste, was vor sich ging und schob die zwei sanft aus dem Büro, als sein Telefon zu klingeln begann.

Verlegen standen sie sich gegenüber. „Du standest gestern beim Check-in vor mir", sagte Andreas mit sanfter Stimme und schaute auf Steffis schwarze Haare. „Ich freue mich, dich auf diesem großen Schiff so schnell wiederzusehen", fügte er hinzu. „Ja, äh", stammelte sie unbeholfen, „hier hast du erstmal dein iPhone zurück." Als Steffi es ihm reichte und sich ihre

Hände berührten, durchzuckte sie eine warme Welle. Andreas sah auf die Uhr. „Du, ich muss jetzt wieder auf die Eisbahn, aber komme doch in einer halben Stunde nach, da habe ich Pause. Ich habe mein Telefon, also deins, unten in meinem Spind eingeschlossen. Wir könnten an der Ice-Bar einen Kaffee trinken“, schlug er lächelnd vor. Steffi nickte und versprach zu kommen. Als Andreas sich abwandte und zum Fahrstuhl ging, sah sie ihm nach, bis sich die Fahrstuhltüren schlossen.

Steffi ging zum Crew-Deck, welches sich auf dem Vorschiff befand. Sie wollte jetzt allein sein und nachdenken. Von der Reling aus schaute sie auf das Meer. Er interessierte sich für sie, das hatte sie an seinen bewundernden Blicken bemerkt. Sollte der Tausch der Telefone Schicksal sein? Niemals wäre sie zur Eisbahn gegangen während ihrer Zeit an Bord, und somit wären sie sich vermutlich auf diesem großen Schiff nicht begegnet, zumal die Künstler auch eigene Crewbereiche hatten.

Auf einmal meinte sie, in einer Wolke über dem Meer das Gesicht ihres Vaters zu erkennen. Er schien ihr aufmunternd zu zulächeln. Sie überlegte. Ihr Vater hatte ihr das iPhone geschenkt, kurz vor seinem Tod. Ob er ihr nun damit auch Andreas schicken wollte? Vielleicht wollte er ihr über die Traurigkeit und den Verlust hinweghelfen? Sie seufzte, wandte sich von der Reling ab, verließ das Crew-Deck und stieg mit wackeligen Knien hinunter zu Deck 2 in Richtung Eisbahn.

Herbert

Silvie und Herbert standen am Cruise-Terminal in Hamburg am Check-in. Die Schlange vor ihnen war unendlich lang gewesen und endlich, nach knapp einer Stunde Wartezeit, waren sie an der Reihe. Sie kannten das Prozedere am Schalter. Man wurde freundlich begrüßt, reichte die Reiseunterlagen über den Counter und erhielt, nachdem ein Sicherheitsfoto gemacht wurde, die Bordkarten. Es war ihre zehnte gemeinsame Reise mit dieser deutschsprachigen Reederei, die in den letzten Jahren schnell gewachsen war und mittlerweile über zehn stolze Schiffe verfügte. Auf diesen Schiffen erwartete die Gäste ein legeres Bordleben ohne Kleiderordnung oder festen Tisch, den man zu den Mahlzeiten aufsuchen musste. An den Abenden wurden Partys an Deck oder in der Disko veranstaltet. Tagsüber wurde Animation in jeglicher Form geboten.

Am Aufgang zur Gangway begrüßte das Foto-Team die Gäste. Die Fotografin erkannte Herbert sofort wieder. Man umarmte sich herzlich. Es fühlte sich schön an, nach einem halben Jahr wieder an Bord zu kommen. Als sie Anfang des Jahres mit diesem Schiff im östlichen Mittelmeer reisten, erlebten sie viel Schönes mit den Crewmitgliedern. Das Mittelmeer hatte raue und oft hohe, tosende Wellen an die Schiffswand geschlagen. Viele Passagiere klagten über Seekrankheit, doch Silvie und Herbert gefiel der Tanz auf den Wellen. Nach dem abendlichen Barbesuch waren sie meistens neben den Seegang resistenten Crewmitgliedern die einzigen Gäste in der Diskothek auf Deck 14 gewesen. Dort schwankte man stark hin und her. Die Barkeeper hatten alle Hände zu tun, um auf ihre Flaschen aufzupassen. Nicht selten schoss ein Glas quer über den langen Tresen und landete auf dem Boden.

Da die Kabinen noch nicht zum Bezug freigegeben waren, entschlossen die zwei sich zu einem ersten Rundgang über Deck. Überall trafen sie auf bekannte Gesichter der letzten Reise. Es war wie nach Hause zu kommen. Speziell mit Herbert wollte wieder jeder fotografiert werden und Silvie zückte nur zu gern die Kamera. Herbert hielt den absoluten Rekord. Weit über tausend Mannschaftsmitglieder hatten sich mit ihm in den letzten Jahren an Bord ablichten lassen. Stolz präsentierte Silvie diese Bilder im Anschluss, versehen mit netten Kommentaren, auf ihrer eigenen Homepage im Internet. Herbert war auf dem besten Weg, ins Guinnessbuch der Rekorde zu kommen. Das strebten sie beide an. Silvie hatte Herbert vor zehn Jahren, nach einer traurigen Trennung von ihrem damaligen Lebensgefährten, gefunden. Er erhellte ihr fortan jeden Tag und hatte so viel erstaunliches Leben in ihres gebracht, dass sie es manchmal kaum fassen konnte. Sie war dankbar, dass es ihn gab. Herbert war Silvie auch dankbar. Wenn es sie nicht gäbe, hätte er nie viel von der Welt gesehen. Außerdem ging sie stets fürsorglich und liebevoll mit ihm um. Nach dem Schiffsrundgang bezogen sie ihre gemütliche Außenkabine auf Deck 7. Sie legten sich ein Stündchen aufs Ohr, sie wollten fit sein für das Auslaufen aus Hamburg. Und natürlich für die erste Party, die heute Abend an Deck stattfinden sollte. Zum Abendessen waren sie mit Bekannten einer früheren Reise verabredet, die sie heute Mittag zufällig im Cruise-Terminal wiedergetroffen hatten. Es wurde ein launiger und lustiger Abend. Als das Schiff Hamburg mit großem

Getöse aus dem Schornstein verließ, strahlte Silvie Herbert an und sagte: „Endlich beginnt sie, unsere lang ersehnte Reise zum Nordkap." Die Müdigkeit war verflogen und die vier ließen die Nacht noch aufgekratzt in der Disko ausklingen. Zum Abschluss des Abends saß Herbert, wie immer, auf dem Tresen. Auch hier arbeiteten noch die Barkeeper der letzten Reise und gestatteten dies mit einem freundlichen Augenzwinkern. Herbert sah sich stets vor und hatte noch nie ein Glas umgekippt.

Am nächsten Morgen absolvierten Herbert und sie zunächst die übliche Seenotrettungsübung. Danach lag ein langer Seetag vor ihnen, ihr erstes Ziel, Oslo, würde erst am nächsten Morgen erreicht werden. Nach dem Frühstück lag Herbert auf dem Bett. Er sah müde aus von der langen Nacht. Silvie beschloss allein mit dem Aufzug auf Deck 10 zu fahren, um am Reisecounter die gebuchten Ausflugtickets abzuholen. Normalerweise unternahmen sie Ausflüge auf eigene Faust, doch für den Geirangerfjord und das Nordkap hatten sie entschieden, lieber geführte Touren zu unternehmen. Im Fjord würden sie erst mit dem Bus zur Adlerkehre hinauffahren und im Anschluss auf den Berg Dalsnibba. Silvie hoffte auf gutes Wetter. Oft hatte sie schon diese Ausblicke im Fernsehen oder in Reisemagazinen bewundert. Das große Schiff, im Fjord liegend, sah von oben aus wie Spielzeug. Auch für den Besuch des Nordkaps war es angenehmer, den Reisebus zu wählen und auf der Fahrt zum Nordkap noch ein wenig über die norwegische Geschichte zu erfahren. Zügig erhielt Silvie die Ausflugtickets. Als sie zurück durch das Atrium ging, traf sie den netten Clubdirektor Harry. Sie hatten sich gestern nur kurz begrüßen können. Harry lud sie spontan auf einen

Kaffee ein. Sie ließen sich an der Atrium-Bar nieder und sprachen über die vergangenen Monate, als Silvie und Herbert an Land weilten. Harry hatte viel zu berichten, und vor allem hatte er Informationen über das elfte Schiff der Reederei, das im Frühjahr in Hamburg bei Schnee und Eis getauft werden sollte. Die Zeit bis zum Mittagessen verging rasch. Silvie verabschiedete sich gegen zwölf von Harry und kehrte auf die Kabine zurück, um Herbert zu holen. Als sie eintrat, sah sie, dass das Zimmermädchen das Reinigen der Kabine beendet hatte. Das Bett war gemacht und die Handtücher im Bad gewechselt.

Silvie stutze, als sie genauer auf das große Doppelbett blickte. Herbert war nicht zu sehen. Sie schaute im Bett nach und darunter. Nirgendwo erblickte sie ihren Freund. Panik ergriff sie. Herbert war ihre wichtigste Bezugsperson und er war noch nie so plötzlich verschwunden. Hektisch lief sie auf den Kabinengang, um das Zimmermädchen nach seinem Verbleib zu befragen, doch diese schien Mittagspause zu haben. Ihr Reinigungswagen stand verwaist am Ende des Ganges.

Betrübt schlich sie schließlich zum Mittagessen in eines der Restaurants. Sie fühlte sich einsam und verlassen. Am Buffet traf sie zufällig die Bekannten vom vorherigen Abend. „Silvie, setz dich zu uns, wir sitzen da hinten“, zeigte er freundlich auf einen Tisch im hinteren Teil. Silvie nickte und traf mit einem nur spärlich gefüllten Salatteller an dem Tisch ein. Den Tränen nahe berichtete sie, dass Herbert spurlos verschwunden sei. „Hast du überall nachgesehen?“, fragte die Bekannte hilfsbereit. Silvie bejahte und konnte nicht verhindern, dass eine Träne ihre Wange herunterkullerte. „Nach dem Essen helfen wir dir suchen", versprach der Bekannte eifrig. In der kommenden Stunde versuchten die beiden, Silvie so gut es ging abzulenken. Nach dem Mittagessen gingen sie direkt zu ihrer Kabine. Sie suchten nun zu dritt die Kabine ab, jedoch ohne Erfolg.

Silvie fand ihr Zimmermädchen auf dem Kabinengang wieder nicht. Es war nur eine Kollegin am Ende des Gangs, die zu berichten wusste, dass diese Mittagspause hätte und erst am Nachmittag wieder ihren Dienst aufnehmen würde. Silvie verabschiedete ihre Bekannten. Frustriert legte sie sich auf das Bett und versuchte sich mit dem Lesen der Ausflugsunterlagen abzulenken. Es wollte ihr nicht gelingen. Sie vermisste Herbert schrecklich und Angst kroch in ihr hoch, wenn sie daran dachte, dass er womöglich entführt worden sei oder für immer mysteriös verschollen bliebe. Sie konnte nicht ohne ihn ans Nordkap fahren, geschweige denn in ihre kleine, einsame Wohnung zurückkehren. Zum Trost schaute sie sich Fotos an, die sie auf dem Handy gespeichert hatte. Herbert und sie vor den Mühlen von Mykonos. Herbert an der Côte D'Azur mit einem lustigen pinken T-Shirt, welches sie an einem der Stände in der Fußgängerzone gekauft hatten. Silvie begann hemmungslos zu weinen.

Sie wusste nicht, wie viel Zeit vergangen war, als das Telefon in ihrer Kabine klingelte. Es war Harry, der Clubdirektor. Er hatte von den Bekannten gehört, dass Herbert verschwunden war, und hatte sofort geschaltet und nach dem Zimmermädchen suchen lassen. Nach zwei Stunden wurde sie auf dem Crew-Deck, in der Sonne dösend, gefunden.

Harry versprach Silvie, mit dem Zimmermädchen in fünf Minuten in ihrer Kabine zu sein. Silvie schoss hoch vom Bett, wusch sich kurz das Gesicht mit kaltem Wasser ab, als es schon an der Tür klopfte. Die zwei traten ein. Nanja, das kroatische Zimmermädchen, schaute verunsichert auf den Boden. Harry nickte erst Silvie, dann Nanja aufmunternd zu. Nanja wurde rot, griff in ihre Handtasche und beförderte einen kleinen Teddybär zutage. „Herbert", rief Silvie aus und schloss ihn liebevoll in die Arme. „Was machst du für Sachen?" „Herbert kann nicht dafür", erklärte Nanja in gebrochenem Deutsch und spielte nervös mit dem Verschluss ihrer Handtasche, „ich dachte, er ist Geschenk. Er hatte Trinkgeld für mich auf seinem Bauch liegen und neulich gaben mir Gäste auch Bär mit Geld als Geschenk."

Silvie war viel zu glücklich, als dass sie mit Nanja schimpfen konnte. Herbert war zurückgekehrt und ihr Leben hatte wieder einen Sinn.

Hochzeitsreise

Die örtliche Polizei von Catania erwartete ihn an der Gangway. Ohne Probleme ließ er sich die Handschellen anlegen. Ein kurzer Fußweg und das gepanzerte Polizeifahrzeug war erreicht, das ihn zunächst auf die Wache und dann sicher für mehrere Jahre in ein Gefängnis bringen würde. Sie alle standen an der Reling und sahen zu.

Bevor er auf den Rücksitz rutschte, drehte er sich zum Schiff und blickte hinauf. Die Damenherzen schlugen höher, obwohl sie wussten, dass er ein Mörder war. Aber er sah einfach so gut aus, war so charmant. Die Männer zeigten sich erleichtert über den Abgang und freuten sich auf ruhigere acht Tage an Bord. „Kreuzfahrer", höhnte der Mörder und seine sonore, tiefe Stimme reichte bis zum Sonnendeck hinauf, „ihr alle seid Betrüger und Erpresser, aber eure Damen haben mir gefallen." Er lachte und warf eine Kusshand gen Deck, dann drängten ihn die sizilianischen Polizisten in das Fahrzeug. Als das Auto den Hafen verließ, versuchten die Frauen nicht zu weinen. Die Männer versammelten sich unterdes an der Pool-Bar, um die Aufregung der letzten Tage gemeinsam hinunterzuspülen. Außerdem feierten sie ihr Leben, das ihnen heute wertvoll wie nie schien. Niemand hatte damit gerechnet, dass bei dieser Reise jemand sterben würde.

Sie alle waren vor einigen Tagen freudig in Genua an Bord gekommen. Eine bekannte Illustrierte hatte zur „Silbernen Hochzeitsreise" Paare für diese Kreuzfahrt gesucht. Die Zeitung versprach neben einem günstigen Reisepreis viele Extras an

Bord und für ein Paar, das an Bord erst ausgelost werden würde, die Zeremonie von einem erneuten Eheversprechen mit dem Kapitän auf der Brücke. Nun waren sie zwei Paare weniger und zwei Frauen waren zu Witwen geworden. Der Kapitän und seine Crew waren bemüht, das Reisemotto wiederaufleben zu lassen und spielten zum Ablegen von Catania leise den Hochzeitswalzer.

Kommissar Detlef Henning, der den Mörder überführt hatte, war noch an Bord. Er würde bis Kreta mitfahren und von dort aus das Flugzeug nach Hamburg nehmen. Am heutigen Abend war er der Ehrengast am Kapitänstisch. Der Kommissar war von der Reederei verständigt worden, nachdem eine männliche Person in der ersten Nacht der Kreuzfahrt tot auf dem Sonnendeck aufgefunden wurde. Der kleine Philippine Erin dachte zunächst an nichts Schlimmes, als er den Mann frühmorgens auf der Sonnenliege fand. Als er versuchte, ihn zu wecken, stellte er fest, dass er nicht mehr atmete. Der Schiffsarzt, der herbeigerufen wurde, diagnostizierte den Tod durch Erwürgen aufgrund eindeutiger Spuren am Hals des Opfers. Als Tatwaffe diente ein Pool-Handtuch, welches – unweit von der Leiche nachlässig weggeworfen – gefunden wurde. Der Kommissar konnte erst am dritten Reisetag auf Korsika zusteigen und in der zweiten Nacht gab es eine weitere Leiche. Dieses Mal lag der tote Körper, der ebenfalls einem Mann gehörte, vor der Pool-Bar. Auch er wurde mit einem Handtuch erdrosselt. Es war ihm wie zum Hohn als Schal umgebunden. Die gesamte Schiffsleitung war heilfroh, als Henning im Hafen von Porto Vecchio an Bord kam. Schnell hatte er sich mithilfe der Passagierliste einen groben Überblick verschafft. Nach einem Rundgang über das Schiff setzte er sich auf einen gemütlichen Hocker an der Pool-Bar. Das Gesprächsthema Nummer 1 waren die zwei toten Männer. Obwohl man sich bemühte, alles streng geheim zu halten, sickerte immer etwas durch. An der Bar war es, als Henning das erste Mal von dem Schmuckhändler erfuhr, der extra für diese Reise an Bord gekommen war. Der Kommissar nahm alle Informationen um sich herum auf und schaffte es trotzdem, unbeteiligt zu schauen. Später traf er die Ehefrau des ersten Opfers. Noch aufgelöst, empfing sie ihn in ihrer Kabine. Er forderte sie auf, detailliert zu schildern, was ihr Mann und sie nach der Abfahrt an Bord getan hatten. Die Frau berichtete unter anderem, dass sie nach dem Abendessen am Stand des Schmuckhändlers verweilten. Ihr Mann wollte gern ein Geschenk für sie zu diesem besonderen Reiseanlass erwerben. Der Händler, der nicht nur gut aussah, sondern sich auch hervorragend ausdrücken konnte, verkaufte dem Ehemann den gewünschten Ring und zusätzlich noch das passende Collier. Die Frau dachte beim Anblick dieses außergewöhnlichen Mannes und seiner Gewandtheit das erste Mal in ihrem Leben an Ehebruch, wie sie dem Kommissar errötend gestand. Auf seine Nachfrage woran das lag, murmelte sie schüchtern etwas von der Aura des Schmuckhändlers. Nach dem Kauf war das Ehepaar noch auf einen Schlummertrunk an die Bar gegangen und danach auf direktem Weg in die Kabine, die sie gegen Mitternacht erreicht hatten. Die Frau gab an, dass sie nicht mitbekommen habe, dass ihr Mann die Kabine nochmals verließ. Wie seit vielen Jahren hatte sie ihre Abendtoilette im Bad erledigt und sich dann zu ihrem Mann ins Bett gelegt. Sie sei sofort eingeschlafen. In den frühen Morgenstunden habe der Schiffsarzt geklopft und ihr die schreckliche Nachricht des gewaltsamen Mordes überbracht. Der Kommissar dankte und machte sich auf den Weg zum Kühlraum des Schiffes. Hier lag die Leiche sorgsam aufgebahrt. Der Schiffsarzt stand ihm zur Seite und zeigte ihm die eindeutigen Würgemale am Hals. Den Kommissar irritierte, dass der Tote komplett bekleidet war. Er trug noch die Abendgala-Garderobe. „Hatte seine Frau nicht gesagt, dass sie sich entkleidet hätten und zu Bett gegangen wären?", grübelte er. Ihm fiel ein, dass sie nicht erwähnt hatte, dass der Mann sich ausgezogen hatte. Theoretisch könnte er mit samt seiner Kleidung unter die Decke gekrochen sein. Eventuell war das Licht bereits gelöscht, als sie aus dem Bad kam. Sie könnte sofort geschlafen haben und der Mann verließ daher unbemerkt die Kabine. Intuitiv griff Henning in die Jacketttasche des Opfers und fand einen Bon über zwei Whisky auf Eis. Auf dem Bon las er die Uhrzeit, zu der die Unterschrift von dem Toten geleistet wurde: 2.05 Uhr. Außerdem fand er den Namen des Barkeepers aufgedruckt: Victor. Der Polizist machte sich auf die Suche nach ihm. Praktischerweise hat die Crew auf einem Schiff nahezu rund um die Uhr Dienst. Nach einigen Recherchen fand er den Gesuchten im Lido-Restaurant, wo er gerade die Tische für das in Kürze beginnende Mittagessen eindeckte. Als er Victor fragte, erinnerte sich dieser aufgrund der Dramatik sofort. Den letzten Whisky um 2.05 Uhr hatte der Mann mit einer Frau getrunken. Der Kommissar atmete tief durch, als Victor in gebrochenem Deutsch ergänzte, dass es sich dabei um die Frau gehandelt hatte, die erst in der Folgenacht zur Witwe wurde. Er fand diese nach langem Suchen beim Friseur. „Was treibt eine Frau, die noch keine vierundzwanzig Stunden Witwe ist, zum Friseur?", fragte er sich.

Als er erschien und sich ausgewiesen hatte, verschwand die

rotblonde Friseurin Dana taktvoll. Nachdem Henning sein Beileid ausgesprochen hatte, ließ er sich von der Frau den Ablauf des vergangenen Abends schildern. Er war identisch mit dem der vorherigen Frau am ersten Tag, außer, dass sie angab, dass es sein könnte, dass ihr Mann die Kabine nochmals verlassen habe. „Verließ ihr Mann nachts öfter die Kabine?", fragte der Kommissar argwöhnisch. Die Witwe, die mit teilnahmsloser Stimme sprach, berichtete, dass ihr Mann ein leidenschaftlicher Hobby-Fotograf gewesen sei. Als Nachtmensch hatte er Kreuzfahrten geliebt, da es dort auch mitten in der Nacht, wenn er keinen Schlaf fand, etwas zu fotografieren gab. Henning begann die Frau über die erste Nacht an Bord zu befragen und registrierte ein leichtes Zucken um ihre Mundwinkel. „Kannten Sie den Mann, der in der ersten Nacht starb?", wollte er wissen. „Nein", log sie. Henning ließ es dabei bewenden. Er musste nachdenken. Er begab sich erneut an die Heck-Bar, zündete sich umständlich seine Pfeife an und bestellte Gin Tonic. Victor servierte ihn und wollte wissen, ob er in seinen Ermittlungen vorangekommen sei. Henning schüttelte den Kopf. „Nicht wirklich", gab er zu und blies den Rauch gedankenverloren in den Himmel. Er überlegte, warum Witwe Nummer 2 gelogen hatte. Victor, der Gläser putzte, sagte plötzlich: „Das Paar am ersten Abend, also der Mann, der zuerst starb, und die zweite Witwe, hatte sich zunächst gestritten, als sie gemeinsam an meine Bar kamen. Später haben sie sich dann aber leidenschaftlich geküsst." „Worum ging es bei dem Streit?" „Ich habe es nicht exakt verstanden", gab der Barkeeper zu, „aber ich glaube, es ging um Schmuck." Da wusste der Kommissar, dass es langsam an der Zeit war, diesen Schmuckhändler unter die Lupe zu nehmen. Wie so oft im Leben ergaben sich die Dinge und der Juwelier nahm zufällig einige Minuten später mit einem kleinen Koffer neben Henning an der Bar Platz. Henning erkannte ihn an seinem Namensschild, auf dem der Name einer großen deutschen Juwelierkette und darunter *Pierre Garcia* stand. Henning musterte ihn aus den Augenwinkeln. Tatsächlich ging von ihm eine Ausstrahlung aus, der man sich selbst als Mann schwer entziehen konnte. Freundlich grüßte Pierre in seine Richtung: „Salut, allein? Ihre Frau ist wohl auf der Kabine?“ „So ist es“, gab Henning zurück. Pierre lächelte. „Ich würde gern etwas Schönes für sie bei Ihnen kaufen, aber es soll eine Überraschung werden“, lockte Henning und begann geschickt eine Konversation. Nun strahlte Pierre noch mehr. Geschickt hob er seinen kleinen Koffer auf, den er auf den Boden abgestellt hatte, öffnete ihn und zeigte dem Kommissar arglos seine Schmuckstücke. Henning grinste, sein Gegenüber hatte offensichtlich keine Ahnung, wen er vor sich hatte. Alles an diesem Mann sah perfekt aus. Er war groß, braun gebrannt, gepflegt, schlank, hatte wunderbar gestylte, längere schwarze Haare und trug einen teuren Designeranzug. Seine Hände, die flink die schönsten und teuersten Stücke seiner Kollektion präsentierten, sahen muskulös und kräftig aus. Nur mit seinen Fingernägeln stimmte etwas nicht. Obwohl perfekt manikürt, sah der Kommissar, dass die Nägel an beiden Daumen abgebrochen waren. Dies mussten Folgen der ersten und zweiten Nacht an Bord sein, als er seine Opfer gewaltsam mit dem Handtuch erdrosselt hatte. Solche Spuren konnte keine Nagelfeile beseitigen, auch wenn dies sichtbar versucht worden war. Der Kommissar nahm einen glitzernden Diamantenring von ihm entgegen, drehte ihn im Licht und sagte: „Sie werden lange Jahre keine Gelegenheit mehr haben, Schmuck vorzuführen, Herr Garcia. Im Namen des Gesetzes verhafte ich Sie vorläufig wegen zweifachen Mordes an Bord dieses Schiffes."

Das Lob am Kapitänstisch war groß für Kommissar Henning an diesem Abend. In nur drei Stunden hatte er den Fall aufgeklärt. „Was war das Motiv des Mörders?", wollte der Kapitän wissen, während er einen großen Schluck aus seinem Weinglas nahm. „Das ist tragisch", begann Henning von dem Verhör zu berichten, welches er fünf Stunden gemeinsam mit dem Schiffsarzt geführt hatte. „Pierre Garcia hatte, als seine Frau mit seinem besten Freund durchgebrannt war, eine Art Trauma erlitten. Sein Hass konzentrierte sich auf Männer, die sich, wie er meinte, in intakte Ehen drängten. Als er den Ehemann, der am Abend mit seiner Frau Schmuck bei ihm gekauft hatte, nur wenige Stunden später in der Bar fremdgehen sah, kam ein Groll in ihm auf, den er nicht mehr zu steuern vermochte. Er passte den Mann ab, als dieser alleine zu seiner Kabine zurückgehen wollte, und lockte ihn unter einem Vorwand auf das Pool-Deck." „Der zweite Mann, der sterben musste, hatte sein Schicksal jedoch selbst herausgefordert", ergänzte der Schiffsarzt und fuhr fort: „Beim nächtlichen Spazierengehen an Deck in der ersten Nacht wurde er zufällig Zeuge des Mordes. Pierre Garcia hatte nicht bemerkt, dass er fotografiert wurde, als er sein Opfer grausam erwürgte. Am nächsten Tag sprach der Mann Garcia an und zeigte ihm seine Fotos. Daraufhin machte der Mörder den Vorschlag, dass er doch abends vorbeikommen sollte. Er könne sich aussuchen, was er möge. Dies sollte sein Schweigegeld werden. Die zwei verabredeten sich für die Nacht um 1:30 Uhr vor der Pool-Bar. Dort sollte der Mann im Beisein des Mörders seine Fotos auf der Kamera löschen. Garcia hatte dem Mann aber aufgelauert, von hinten überrumpelt und ebenfalls erwürgt. Die Kamera hatte er über Bord geworfen. Im Anschluss hatte er die Kabine des Paares aufgesucht und unter einem Vorwand geklopft. Die Frau hatte verschlafen geöffnet. Anstatt ihr jedoch etwas anzutun, hatte er ihren Bademantel abgestreift und sie mit Nachdruck zum Bett geführt. Wie jede Frau erlag sie ihm, und da er um ihren Hang zu Untreue wusste, hat er sich so geschickt ein fast perfektes Alibi geschaffen." „Das machte mir deutlich, warum sie so gleichgültig gegenüber dem Tod ihres Mannes war. Die Ehe bestand offensichtlich nur noch auf dem Papier", stimmte Henning wieder ein. Der Kapitän schüttelte fassungslos den Kopf und sagte: „Da hat man eine Schiffsladung voller vermeintlich glücklicher Ehepaare auf Silberner Hochzeitsreise an Bord, und raus kommt schon bei zwei Paaren Lug und Trug."

Zur selben Zeit übrigens vergnügte sich der Zweite Offizier vier Decks höher auf dem nicht einsehbaren Schornsteindeck mit einer neuen Bekanntschaft. Es war die Frau, die soeben das Dinner am Nachbartisch des Kapitäns aufgrund starker Kopfschmerzen verlassen hatte. Ihr Mann blieb sitzen, aß genüsslich seinen Nachtisch und schaute dabei auf die Beine der hübschen Kellnerin, die ihm gerade lächelnd den Kaffee servierte.

Abgelegt

Er stand auf der Brücke und beobachtete, wie ein Kreuzfahrtschiff direkt vor „seinem“ anlegte. Es war größer und von einer amerikanischen Reederei. Langsam glitt das Heck, mithilfe des Seitenstrahlruders, zentimeterweise an die Pier. Gran Canaria war ein beliebter Kreuzfahrthafen. Er fand es schön, Kollegen von anderen Schiffen zu treffen. Über Funk nahm er nach dem Anlegen Kontakt zu dem amerikanischen Kapitän auf und sie verabredeten sich auf einen Kaffee in dem modernen Einkaufzentrum, welches einen Steinwurf vom Hafen entfernt lag. Er betrachtete die große Wasserrutsche des anderen Schiffs, die sich um den Schornstein schlängelte. Viele Kinder hatten dort ihren Spaß. Er war froh, das Kommando auf einem kleineren, klassischeren Kreuzfahrtschiff ohne viele Kinder zu führen. Kinder lösten in ihm ein Unbehagen aus. Vor zehn Jahren heiratete er eine erfolgreiche Rechtsanwältin. Beide kamen gleich am Anfang ihrer Liebe überein, dass Nachwuchs nicht in ihr gemeinsames Lebenskonzept passte. Er dachte sehnsuchtsvoll an seine Karin und ein liebesvolles, inniges Gefühl machte sich in ihm breit. Noch vier Wochen bis Hamburg, dann würde sie an Bord kommen, um mit ihm gemeinsam Weihnachten und Silvester zu verbringen. Gerade wollte er zu seinem Handy greifen und sie kurz anrufen, da klopfte es an der Tür zur Brücke. Da sein Erster Offizier gerade in der Crewmesse Mittagspause machte und sein „Zweiter“ die Lieferung von neuen Lebensmitteln an der Pier überwachte, öffnete er selbst die Tür.

Vor ihm stand eine attraktive, ältere Frau, die ihn zunächst anstarrte und dann stockend hervorbrachte: „Ich suche den Kapitän." Er setzte sein professionelles Lächeln auf, das er eigens für Passagiere reserviert hatte, und erwiderte: „Herzlichen Glückwunsch, Sie haben ihn gefunden, gnädige Frau. Ich darf sie aber darauf aufmerksam machen, dass sie sich im Crewbereich befinden und das Betreten der Brücke für Privatpersonen leider nicht erlaubt ist." Wie war sie nur durch den Eingang im Vorflur gelangt? Die Tür mit der Aufschrift „Crew only" zur Brücke ließ sich nur mit einer Chipkarte öffnen. Entzückt sah die Dame ihn an, überhörte seine Anmerkung und sagte: „Ich möchte Sie zum Abendessen an meinen Tisch einladen, es geht um eine familiäre Angelegenheit." Er lächelte zwar noch, aber so etwas hatte er noch nicht erlebt. „Gnädige Frau, ich fürchte, ich werde die Einladung nicht annehmen können, denn ...", weiter kam er nicht. „Es geht um Ihren Vater", sagte sie nun resolut, „Tisch 29, Familie Krüger." Daraufhin machte sie auf dem Absatz kehrt und war so schnell verschwunden, wie sie gekommen war. Er stand verwirrt da und dachte nach. Um welche familiäre Sache sollte es gehen? Seine Eltern waren vor über zehn Jahren bei einem Verkehrsunfall gestorben. Es waren nicht seine leiblichen Eltern gewesen, das vergaß er oft. Er war zu ihnen im Alter von zwei Jahren gekommen, aus einem Kinderheim, in dem man ihn abgegeben hatte. Seine eigentlichen Eltern konnten ihn angeblich nicht behalten, da er das siebte Kind war. Das Geld, um noch ein weiteres Kind aufzuziehen, fehlte. Er hatte seine leiblichen Eltern nie gesucht und hatte auch nicht das Verlangen danach verspürt. Das war für ihn als rational denkenden Menschen eine abgeschlossene Sache. Er griff zum Telefon und rief Karin an. Sie war gerade in der Mittagspause. Er erzählte ihr von dem seltsamen Besuch auf der Brücke. „Krüger", sagte sie, „Krüger aus Köln, das ist doch dein leiblicher Vater, er müsste um die siebzig Jahre alt sein." Karin machte bei ihnen den Papierkram und an einem Abend, der noch vor ihrer Hochzeit lag, hatten sie das erste und letzte Mal über die Adoption gesprochen, als sie zufällig seine zweite Geburtsurkunde gefunden hatte.

Sein „Erster" kam pfeifend aus der Mittagspause zurück. Er selbst checkte gerade die neue Passagierliste und fand die Kabine 6202, Udo und Irmgard Krüger. „Na, hat Mama Sie gefunden?", fragte sein Kollege gut gelaunt. „Wusste gar nicht, dass Ihre Eltern dieses Mal dabei sind." Aha, so war die Dame in den Crewbereich gelangt. Sie hatte sich als seine Mutter ausgegeben. Das konnte sie definitiv nicht sein, denn seine leibliche Mutter hieß Maria. In seinem Kopf herrschte eine große Leere.

Als er später mit dem Kapitän des Nachbarschiffs im obersten Stockwerk des Einkaufszentrums Kaffee trank, rutschte er die ganze Zeit nervös auf seinem Stuhl herum. Trotz des launigen Gesprächs mit dem Kollegen wanderten seine Gedanken immer wieder gen Abend. Er schaute zu seinem Schiff hinüber und fragte sich zum hundertsten Mal an diesem Tag, wie sein „Vater" sich heute eine teuere Kreuzfahrt in einer Balkonsuite leisten konnte, wenn vor vierzig Jahren nicht das Geld für ein siebtes Kind da gewesen war.

Sein Handy klingelte. Es meldete sich Chefstewardess Beate, die er beauftragt hatte, Näheres über die Familie Krüger aus Kabine 6202 in Erfahrung zu bringen. „Also, Kapitän Udo Krüger, einundsiebzig Jahre alt, aus Köln steht in dem mir vorliegenden Reisepass." Er bekam eine Gänsehaut, Köln stimmte! Beate fuhr fort: „Ich habe mal im Internet geforscht und folgende Dinge für Sie herausbekommen: Herr Krüger ist der Seniorchef des Leihhauses Krüger, ein Unternehmen, das in dritter Generation mit Filialen in ganz Deutschland erfolgreich geführt wird. Die Familie wohnt in Köln-Hahnwald in einem Villenviertel. Irmgard Krüger ist seine zweite Frau, allerdings haben die zwei auch schon im letzten Jahr die Silberne Hochzeit gefeiert. Aus erster Ehe hat Udo Krüger keine Kinder. Irmgard hat zwei Zwillingsmädchen mit in die Ehe gebracht, die heute aber auch schon um die vierzig Jahre alt sind. Familie Krüger geht regelmäßig auf Kreuzfahrt, aber auf unserem Schiff sind sie das erste Mal." Er unterbrach Beate an dieser Stelle, dankte ihr kurz und knapp, verabschiedete sich rasch von seinem Kollegen, der annahm, dass der Anruf ihn wegen eines Notfalls auf sein Schiff zurückrief. Er ließ ihn in dem Glauben. *Keine Kinder*, dachte er und stapfte entschlossen und mit wütender Miene seinem Schiff entgegen. Er ging auf direktem Wege in das Fotolabor an Bord. Der Fotograf sortierte gerade die Bilder von der Einschiffung der neuen Passagiere. Die Suiten-Bewohner bekamen diese am ersten Abend als Gastgeschenk auf die Kabine. „Uwe, zeigen Sie mir das Foto von Kabine 6202", bat er den Fotograf in forschem Ton. Dieser suchte geschwind, und als er es fand und einen Blick darauf geworfen hatte, sagte er: „Ja, natürlich, Ihre Eltern sind an Bord." Der Kapitän griff danach. Er traute seinen Augen nicht. So würde er vermutlich in vierzig Jahren aussehen. Es war, als würde er in einen Spiegel der Zeit blicken. Die gleiche Größe, dieselbe Körperhaltung. Die Figur, die Haare, die Augen, nur eben alles eine Generation weiter. „Ich gebe es ihnen selbst", murmelte er und verschwand auf direktem Weg in seine Kabine, achtete aber darauf, die Wege im Crewbereich zu nehmen. In seiner

Kabine angekommen, goss er sich einen großen Schluck Cognac ein und setzte sich in den gemütlichen Sessel. Mal raste sein Herz, dann schlug es wieder ganz langsam. Kurz vor 20 Uhr rief er auf der Brücke an und teilte seinem „Ersten" mit, dass er ihm heute das Ablegen überließe. Er selbst habe familiäre Verpflichtungen. Die Ausfahrt von Gran Canaria war eine leichte, und so konnte er ruhigen Gewissens in das Restaurant gehen, das Foto in der Hand.

Chefstewardess Beate stand wie jeden Abend am Eingang und sah ihn kommen. Der Kapitän und sie kannten sich seit vielen Jahren. Sie wusste, dass der Kapitän keine Eltern mehr hatte. Als Familie Krüger vor einigen Minuten am Restauranteingang erschienen war, hatte sie einen Schreck bekommen, auch ihr fiel diese große Ähnlichkeit auf. Doch professionell wie sie war, hatte sie sich dem Ehepaar gegenüber nichts anmerken lassen. Nun drückte sie ihrem Kapitän mitfühlend die Hand und fragte: „Tisch 29?" Er nickte und Beate führte ihn souverän durch den Saal. Er grüßte die anderen Passagiere, und schließlich standen sie vor Tisch 29. „Herr und Frau Krüger, unser Kapitän gibt sich heute die Ehre an ihrem Tisch Platz zu nehmen", verkündete sie stolz und rückte ihm den Stuhl zurecht. Während des Dinners hatte Beate andere Verpflichtungen und konnte den Fortgang der Begegnung am Tisch der Krügers nicht beobachten. Sie sah ihren Kapitän wieder, als er auf der Bühne der Lido-Lounge stand und die neuen Kreuzfahrtgäste offiziell begrüßte, die heute zum Willkommensprogramm geladen waren. Er wirkte souverän, doch sie beobachtete, dass seine Hand leicht zitterte, als sie ihm wie immer, wenn er einen Auftritt hatte, das Mikrofon reichte.

Nach seiner Rede verschwand der Kapitän sofort aus der Lounge. Beate schaute den alten Mann lange an, der in der ersten Reihe saß und gebannt jedes Wort aufgesogen hatte, Herr Krüger aus Kabine 6202. Jedoch konnte sie in seinem Gesicht keinen Hinweis darauf finden, wie das Dinner ausgegangen war.

Sie beschloss, den Kapitän zu suchen. Sie fand ihn nach einer Weile am Bug auf dem Crew-Deck. Er hatte es sich auf einem Poller gemütlich gemacht, rauchte eine Zigarette und schaute den letzten im Meer versinkenden Sonnenstrahlen nach. Sie setzte sich auf den benachbarten Poller und blickte ebenfalls schweigend auf das Wasser.

„Danke, dass Sie gekommen sind, Beate", sagte er mit ungewohnt rauer Stimme und drückte kurz ihre Hand. „Ist er ...", weiter kam sie nicht. „Nein", unterbrach er schnell, „er ist es nicht. Er ist mein Onkel. Mein Vater und er sind Zwillingsbrüder." Sie zog überrascht die Augenbrauen hoch. „Mein Vater, also mein leiblicher, war nicht mit meiner Mutter verheiratet, als sie schwanger wurde mit mir. Sie war Portugiesin, stammte aus einer einfachen Arbeiterfamilie und war damit nicht standesgemäß für die Unternehmerfamilie. Mein Onkel Udo holte mich direkt aus dem Kinderbett im Krankenhaus ab und brachte mich in das Kinderheim, in dem meine lieben Eltern mich später kennenlernten und adoptierten." Der Kapitän seufzte kurz auf und fuhr fort: „ Ein kleines Trinkgeld von meinem Onkel hatte genügt und ich war aus einer kinderreichen, armen Familie. Es war eine Lüge, die Lüge seines Lebens." Beate lief ein Schauer über den Rücken, als sie sich nur die vorangegangenen Gespräche beim Dinner vorstellte. Mittlerweile zog die Dunkelheit der kommenden Nacht in schwarzen Wolken über das Schiff. „Und Ihre Eltern ließen sich das gefallen?“, fragte Beate. „Sie hatten keine Wahl, Vater wäre ins Gefängnis gekommen. Meine Mutter war noch minderjährig, damals mit zwanzig“, gab der Kapitän preis und ergänzte: „Die beiden brachen alle Kontakte in Deutschland ab und gingen nach Portugal zur Familie meiner Mutter.“ „Und nun ist Ihr Onkel an Bord gekommen und hat seine Lüge erzählt“, schlussfolgerte Beate. „Sie haben mich gesucht und hatten jahrelang keinen Erfolg damit. Mit einer Adoption sind alle Rechte erloschen für die abgebende Seite“, erklärte der Kapitän. „Außerdem habe ich mit der Adoption einen anderen Nachnamen erhalten. Meine Tante Irmgard hat vor einem Jahr zufällig in einem Kreuzfahrtmagazin mein Bild gesehen, da wusste sie aufgrund der äußerlichen Ähnlichkeit und des Alters, dass nur ich es sein konnte.“

Die Chefstewardess wischte sich unauffällig eine Träne aus dem Auge. „Das ist noch nicht alles“, sprach der Kapitän ruhig und gefasst weiter, „meine Eltern sind einige Jahre später von Portugal aus auf die Kapverdischen Inseln in die Stadt Praia ausgewandert. Sie leben noch heute dort.“ „Aber“, stammelte Beate, „dort legen wir in zwei Tagen an.“ „Das ist mir bewusst“, entgegnete er lächelnd, „ich bin schließlich der Kapitän dieses Schiffes.“

Ich flog noch niemals durch New York

Kreisend und schwungvoll flog ich über den Hamburger Rathausmarkt. Zu meiner Freude erblickte ich meinen Freund, die Möwe Jonathan. Sie saß stolz auf dem Heinrich-Heine-Denkmal und sonnte sich. Es war ein wunderschöner Spätsommertag, Anfang September, und die Sonnenstrahlen wärmten noch wohltuend. Ich ließ mich rechts von Jonathan nieder. Unter uns spielte ein Akkordeonspieler das Lied „Kleine Möwe, flieg nach Helgoland".

„Hi Spatzl", Jonathan lachte mich freundlich an und lupfte seinen Schnabel ein wenig, „kannst du mir sagen, warum alle meinen, dass wir Möwen nach Helgoland fliegen müssen?" „Hi Kumpel", grüßte ich zurück. „Nee, weiß ich auch nicht, gut, dass ich ein Spatz und keine Möwe bin." Die Möwe lachte schallend und erwiderte: „Ich will jedenfalls nicht nach Helgoland, ich bin glücklich hier in meinem Hamburg." Ich dachte kurz nach und gab zurück: „Ja, ich auch, aber ich habe einen Traum."

Jonathan hob fragend seinen Schnabel. „Ich würde schrecklich gern New York sehen, einmal um die Freiheitsstatue fliegen", schwärmte ich. In dem Schaufenster eines Reisebüros hatte ich Fotos gesehen und seitdem war ich fasziniert. Nicht nur von der Lady of Liberty, sondern auch von den ganzen imposanten, hohen Häusern. Wie es sich anfühlen würde, durch diese Häuserschluchten zu fliegen? Einmal das Empire

State Building zu umkreisen? „Na, das ist einfach“, erklärte mir Jonathan weltmännisch. „Im Hafen liegt ein großes, schwarzes Schiff, das fährt direkt nach Amerika.“ Ich war wie elektrisiert. „Ich habe zwei Menschen vorhin im Café beobachtet, sie hatten Tickets in den Händen und sprachen über ihre Transatlantiktour, die sie direkt nach New York City bringt. Das Schiff läuft um 20 Uhr aus“, fuhr die Möwe fort. Ich bedankte mich artig bei ihm und beschloss, sofort zum Hafen zu fliegen. „Aber komm wieder, Kumpel“, sagte Jonathan, „du würdest mir fehlen.“ Ich versprach es und hob ab. Weit vor dem Hafen konnte ich das große, schwarze Schiff sehen. Ich war beruhigt. Aber ich wollte mich jetzt nicht plump auf das Deck setzen. Ich beschloss, die Elbe ein Stück zum Willkommens Höft hinaufzufliegen und später dort zu zusteigen, ich verfügte noch über genug Zeit.

Ab 19 Uhr saß ich auf einem Pfosten nahe der Fahrrinne. Gefühlte Stunden später tauchten endlich die Umrisse des schwarzen Schiffes auf. Ich wartete, bis es ein Stück herangekommen war, und erhob mich mit Schwung in die Luft. Dort traf ich unerwartet auf Jonathan. „Ich habe das Schiff für dich ausgekundschaftet, sieh zu, dass du vorn auf Deck 3 landest, das ist das Crew-Deck. Die Menschen sind lieb dort und füttern Vögel. In sechs Tagen bist du in New York.“ Bevor ich Jonathan noch danken konnte, drehte er und flatterte in Richtung Land. Ich war ihm dankbar, er war ein echter Freund.

Plumps, ich landete auf besagtem Deck. Ich kroch unter eine Plane und schaute zu, wie das Schiff unter musikalischen Klängen verabschiedet wurde und mit dem Ziel Nordsee davonfuhr. Nur noch sechs Tage bis New York, ich konnte es kaum glauben.

Ich schlief ein und erwachte erst, als es schon Nacht war. Ich kroch unter der Plane hervor und stellte fest, dass ich nicht allein war. Zwei freundlich aussehende Asiaten, in Weiß gekleidet, mit hohen Mützen auf den Köpfen, verspeisten ein Brot, nur wenige Meter von mir entfernt. Sie erblickten mich und lächelten. Einer begann, mich mit Brotkrumen zu füttern. *Jonathan hat Recht gehabt*, dachte ich, *die Menschen hier sind wirklich freundlich*. Da ich schon wieder müde wurde, kroch ich nach dem Abendimbiss zurück unter meine Plane und schlief sofort ein.

In meinen sechs Seetagen über dem Atlantik lernte ich mehr über Menschen als in meinem bisherigen Leben. Ich lebte nach wie vor auf dem Crew-Deck, hier war meine optimale Rückzugsmöglichkeit. Die Plane bot mir ein Heim. Morgens pickte ich die Brotkrumen, die die asiatischen Köche am Vorabend absichtlich für mich hinterließen. Danach nahm ich meistens ein Bad, denn meine Plane sammelte über Nacht oft Regenwasser in einer Delle an. So war ich frisch und gestärkt für den Tag. Die Menschen an Bord kamen aus unzähligen verschiedenen Ländern und sie waren mir alle wohlgesonnen. Sie fütterten mich, mehr als es meiner Figur guttat, und nach kurzer Zeit hatte es sich unter den Crewmitgliedern herumgesprochen, dass da vorn auf Deck 3 ein Spatz wohnte. Da dies ein englisches Schiff war und sie, egal aus welchem Land sie kamen, die englische Sprache verband, nannten sie mich liebevoll „Mister Sparrow“. Zum einen weil ich ein Spatz bin, und zum anderen weil ich über dem rechten Auge eine dunkle Stelle habe, die aus der Perspektive des Betrachters ein dunkles Auge zeigt. Dank der guten Fütterung musste ich mich ab und zu bewegen und herumfliegen. Dabei achtete ich auf den Wind aus der richtigen Richtung, damit er mich nicht vom Schiff abtrieb. Ich glaube, so muss sich Surfen oder Segeln anfühlen. Nach zwei Tagen an Bord konnte ich die unterschiedlichen Nationalitäten unterscheiden, die ich gerade umflog. Die Deutschen besetzten morgens um 6 Uhr die Liegen, die Engländer rührten mittags in ihrem Tee, und die Australier und die Amerikaner saßen entspannt und in Shorts auf dem Sonnendeck und freuten sich ihres Lebens. Pünktlich um 12 Uhr mittags an jedem Tag informierte uns der „Officer of the Watch" über die genaue Lage des Schiffes und er wurde nicht müde uns mitzuteilen, wie viele Seemeilen wir bisher zurückgelegt hatten. Er ergänzte seinen Bericht um Fakten, wie viele Meilen es noch bis New York seien und auch wie tief das Meer unter uns war, wurde nicht verschwiegen. Einmal bekam ich Angst, wir waren auf der Hälfte der Strecke und der Offizier verkündete munter, dass wir in eine Nebelbank fahren würden, und dass vor vielen Jahren sechzig Meilen westlich von uns die Titanic gesunken sei. Diesen Nachmittag verbrachte ich zitternd unter meiner Plane, aber er ging vorbei.

Am Abend hatten die Kreuzfahrer volles Programm. Durch die großen Außenfester konnte ich beobachten, dass sie in schicke Garderobe gehüllt mindestens fünf Gänge verspeisten. Danach ging es in den sogenannten Ball-Raum. Dort sah ich sie im Kreis englische Standardtänze absolvieren. Sie sahen nicht alle so aus, als ob ihnen das gefallen würde. Aber sie hielten jeden Abend durch. Spannender war es, durch die Fenster der Bars zu schauen. Dort wurde in munterer Stimmung miteinander gesprochen und nicht selten uferte das Ganze zu einer lustigen Party aus. Meine Lieblingsbar wurde die Casino-Bar auf Deck 4. Hier war eine Tür zum Außendeck und oft kamen die Menschen hinaus, da drinnen striktes Rauchverbot herrschte. Sie rauchten eine Zigarette oder zwei und meistens brachten sie ihre Gläser mit hinaus. Da Raucher sehr gesellig sind, wie ich feststellen konnte, dauerte die Zigarette oft länger als geplant. Manchmal war dann noch ein kleiner Rest im Glas und sie ließen es stehen, wenn sie hineingingen. So kam ich in den Genuss vieler exotischer Cocktails, denn ich streckte meinen kleinen Schnabel eifrig in die edlen Flüssigkeiten. Mein Lieblingsgetränk wurde eindeutig der Cosmopolitan, den zwei beleibte Amerikanerinnen oft schon vor dem Essen tranken.

An einem Tag in September, 5 Uhr morgens, waren wir kurz vor New York. Ich kroch früh unter meiner Plane hervor und verfolgte das Einlaufen von der Reling auf Deck 3 aus. Von Minute zu Minute kamen mehr Crewmitglieder auf das Deck hinauf und wir fühlten uns wie eine große Familie. Zunächst waren die Umrisse der großen Wolkenkratzer zu sehen, doch wir kamen näher und näher und vor uns erhoben sich die Hochhäuser in den Himmel. Ein wunderschöner Sonnenaufgang ergänzte die Szenerie. Endlich erblickte ich die Freiheitsstatue. Ein großer Moment für mich. Die Türme des World Trade Centers glänzten in der aufgehenden Sonne wie zwei Diamanten. Ich war am Ziel meiner Träume.

Als wir gegen 7 Uhr fest an Pier 88 lagen, hob ich ab. Ich flog den Hudson River entlang mit Kurs auf die Freiheitsstatue. Ich glaube, ich umkreiste sie dreimal und fühlte mich unendlich frei. Als ich dieses Erlebnis genug ausgekostet hatte, nahm ich Kurs auf Manhattan. Ich überquerte die Brooklyn Bridge, um geradewegs auf das Empire State Building zu zu fliegen. Ich dachte an Jonathan und daran, wie stolz er auf mich wäre. Natürlich vermisste ich ihn. Gemeinsam wäre dieser Ausflug noch viel schöner gewesen. Gegen 9 Uhr musste ich eine Pause machen und ließ mich auf der Aussichtsplattform des Empire State Buildings nieder. Mit einem Mal sah ich ein Flugzeug, es schien auf mich zu zu fliegen. *Nein*, dachte ich, *der fliegt viel zu tief.*

In diesem Moment schlug das Flugzeug in den noch von der Sonne glitzernden Nordturm des World Trade Centers ein. Die Menschen, die zu der frühen Stunde auf der Aussichtsplattform mit mir waren, schrien auf. Gebannt schauten wir zu dem Turm. Wir sahen Rauch und kurze Zeit später auch Menschen, die heruntersprangen. Sie stürzten in den sicheren Tod, denn sie konnten nicht fliegen wie ich. Gerade hatten wir uns von dem ersten Schock erholt, als wir sahen, dass ein zweites Flugzeug in den Südturm des World Trade Centers krachte. Ich bekam Angst und erhob mich in die Luft. Die Menschen auf der Plattform reagierten panisch. Sie drängten geschlossen dem Ausgang entgegen. Ich flog Richtung Hudson River und versuchte mir ein Bild von der Lage zu machen. Die Türme qualmten fürchterlich. Unten auf der Straße konnte ich Menschenmassen in größter Panik beobachten. Sie schrien, sie weinten und sie rannten. Es war furchtbar. War das mein Traum, den ich erleben wollte? Nein. Um kurz vor 10 Uhr stürzte der erste Turm des World Trade Centers ein. Ich sah eine riesengroße Staubwolke. Ich flog zum Central Park und setzte mich auf den Rasen.

Vielleicht ist es so, dass man sich nicht jeden Traum erfüllen sollte, dachte ich traurig. So hatte ich mir meine Reise nach New York nicht vorgestellt. Ich wollte nach Hause. Ich flog zurück zur Pier 88. Das schwarze Schiff, mit dem ich gekommen war, fuhr heute noch weiter nach Kanada, das hatte ich an Bord gehört. Ratlos schaute ich umher. Dann entdeckte ich ein Schiff, welches gerade ablegte. „MS Hamburg", konnte ich am Bug lesen. Ich umflog den Schornstein und ließ mich gewohnheitsmäßig auf Deck 3 nieder. Während wir ausliefen, stürzte der zweite Turm des World Trade Centers mit Getöse ein. Der Kapitän gab Gas. Kein einziger Passagier befand sich an Deck. Ich seufzte, noch sechs Tage, dann erst würde ich Jonathan in Hamburg sehen. Die Rauchwolken, die aus den zwei Türmen herausbrachen, begleiteten uns noch bis weit nach der Ausfahrt. Langsam kam ich zur Ruhe. Ich entspannte mich nach den grausigen Erlebnissen des Vormittags. Inzwischen nahm der Kapitän Kurs auf sein nächstes Ziel und drehte ab in Richtung Karibik.

ER und SIE

ER erkannte die Gruppe auf dem Pool-Deck von Weitem. Da waren sie alle. SIE folgte ihm tänzelnd in einigem Abstand und bewunderte die künstlichen Palmen, die modernen Sonnenliegen und die einfallsreichen Kunstfiguren, die an jeder Ecke standen. „Schau, Schatz", rief SIE entzückt über das Deck und betrachtete eine modern gestaltete Nixe, „die kleine Meerjungfrau". ER, der mittlerweile seit zehn Jahren Schatz hieß, machte eine unwirsche Bewegung und forderte SIE mittels Handzeichen auf, ihm auf die andere Seite des Pool-Decks an die Bar zu folgen. Seufzend und schwitzend ließ ER sich auf dem bequemen Barhocker nieder. Sie waren gestern nach zehn Stunden Flug in der Karibik angekommen. Am Abend hatte das Schiff den Hafen von La Romana verlassen. Soeben hatten sie die übliche Seenotrettungsübung absolviert und nun war es 11.30 Uhr mittags, 30 Grad heiß und ER hatte Durst.

Sie hatten die Sonne herbeigesehnt im trüben und kalten Wetter in Deutschland. ER bestellte zwei Gläser Bier und blickte finster über das Pool-Deck Richtung Gruppe. SIE nahm schwungvoll auf dem Nachbarhocker Platz und strahlte ihn an. „Was hast du, Schatz?", wollte SIE wissen. Der Barkeeper stellte mit einem Lächeln die zwei frisch gezapften Biere auf den Tresen. ER setzte an und trank das ganze Bier in einem Zug. SIE nippte nur und packte stattdessen ihren Fächer aus, sie sehnte sich nach einem kühlen Luftzug. „Da hinten am Pool sind diese Leute aus dem Schiffsforum", sagte ER übellaunig. SIE sah ihn verständnislos an. „Na, DIE, die uns nicht in ihrem Kreis haben wollen." Er orderte sein zweites Bier per Handzeichen, während SIE weiter zaghaft an dem ersten nippte. „Ach, DIE", antwortete SIE gedehnt. „Wir haben uns doch vor dem Abflug versprochen, nicht mehr davon zu reden." ER nickte ergeben, beobachtete aber die Gruppe weiter aus den Augenwinkeln. Sie hatten alle die gleichen T-Shirts an. ER meinte, grob den Aufdruck der Route erkennen zu können. Sie waren gut gelaunt und es war ein großes „Hallo" und „Juhu", sobald neue Personen dazukamen.

ER kannte sie aus dem Internet. Dort hatte er vor einiger Zeit ein Forum gefunden, in dem sich Leute austauschen und informieren konnten, die auf Kreuzfahrtschiffen Urlaub machten. ER hatte sich richtig gefreut, als er gesehen hatte, dass bei „seiner" Reise eine große Gruppe aktiv Beiträge schrieb. ER hatte sich dort eingeklinkt und es war am Anfang lustig gewesen. SIE interessierte sich nicht für das Internet, hörte ihm aber zu, wenn er abends berichtete, wer heute was geschrieben hatte. Es wurden Tipps ausgetauscht von Karibikerfahrenen und von einem gemeinsamen Touren-T-Shirt war zu lesen gewesen. Dann kam die Sache mit den Bildern. Jemand hatte begonnen, ein Foto von sich einzustellen, damit man sich gleich am Flughafen erkennen konnte. Aus Berlin war niemand dabei, aber nach ein paar Tagen stellte ER ein hübsches Foto vom letzten Strandurlaub auf Gran Canaria ein. Die zwei standen Arm in Arm vor dem großen Dünental von Maspalomas und trugen riesengroße Sonnenhüte. Zunächst bemerkte ER nichts, nach ein paar Tagen stellte ER fest, dass auf seine Beiträge keiner mehr schrieb.

Schließlich fasste ER sich ein Herz und schrieb einen

Mitfahrer, den ER als „Anführer“ der Gruppe sah, per E-Mail an und fragte, ob etwas passiert sei. Er war fassungslos. Besagter Mitfahrer antwortete nicht auf seine E-Mail, war aber jeden Abend online im Forum aktiv. ER war niedergeschlagen. SIE hörte verständnisvoll zu, streichelte ihm sanft über sein Haar und riet ihm dann, diese Frage offen in der Reisegruppe zu stellen. Dies tat ER am folgenden Abend. Auf seine Frage hin herrschte zunächst zwei Tage Funkstille in der ganzen Gruppe. ER hatte den Verdacht, dass sie sich alle untereinander persönliche Nachrichten schrieben, nach all den Beiträgen der letzten Wochen war das Schweigen seltsam. Nach ein paar Tagen meldete sich der „Anführer“ mit einem Beitrag, in dem er auf eine geschlossene Gruppe auf der Internetseite von Facebook hinwies, wo man sich weiter „ungestört“ austauschen könnte. Zu seiner Frage schrieb er lapidar, dass es vom Alter nicht passend wäre, denn sie seien fast fünfzig und der Rest der Gruppe um die dreißig Jahre alt. An diesem Abend goss ER sich einen großen Whisky ein und SIE versuchte vergeblich zu trösten, obwohl SIE nicht verstand, warum ihm diese Menschen, die ER nicht persönlich kannte, so wichtig waren.

„Ich gehe kurz zur Toilette“, sagte ER und verschwand nach links schlendernd über das Pool-Deck. SIE begann ein Gespräch mit dem Barkeeper und nickte kurz. Auf der Herrentoilette dachte ER nach. ER würde jetzt über die andere Seite des Decks zurückgehen. Dabei käme ER unmittelbar an der Gruppe vorbei. ER hatte längst beobachtet, dass zu der Gruppe Leute hinzugekommen und aufgenommen worden waren, die zehn Jahre älter als sie sein mussten. Ihn beschlich erneut dieser Verdacht, den ER schon gleich nach der Reaktion damals im Forum gehabt hatte, den ER nicht offen zu ihr sagen mochte. Entschlossen öffnete ER die Tür zum Deck, wandte sich nach rechts und ging aufrecht und stolz die Planken entlang. ER fixierte die Gruppe kurz aus der Ferne. Gerade brachte der Deck-Steward einen Kübel Sekt vorbei und erntete ein großes „Hallo". Es war der fünfte Kübel, den ER mitbekommen hatte, und das am helllichten Tag noch vor dem Mittagessen. ER meinte den „Anführer" erkennen zu können. Dieser stand auf dem Rand des Pools und hatte die ganze Gruppe um sich geschart, die wie gebannt an seinen Lippen hing. ER ging direkt auf ihn zu, blieb stehen und nahm seine Sonnenbrille ab. „Hallo", sagte ER. „Ach, hi, die Berliner sind auch da", gab dieser lässig, mit einem leicht abfälligen Blick zurück. Die Gruppe verstummte abrupt und beobachtete das Gespräch. ER sagte: „Ja, das sind wir, auch wenn wir bei euch nicht willkommen sind." „Deine Frau hatte wohl nicht den Mut mit dir hierherzukommen, was?", konterte der Anführer lässig. „SIE sitzt da hinten an der Bar", gab ER zurück und zeigte gen Pool-Bar. SIE saß noch immer am Tresen, vertieft in das Gespräch mit dem Barkeeper. Die ganze Gruppe blickte hinüber, und als der „Anführer" herzhaft zu lachen begann, stimmten alle mit ein.

ER drehte sich um und ging ohne einen weiteren Kommentar. Als ER die Poolbar erreichte, freute SIE sich sichtlich. Anscheinend hatte SIE von der kurzen Begegnung mit ihm und der Gruppe nichts mitbekommen. „Schatz, der John erzählte gerade …", weiter kam sie nicht. „Einen Whisky", bellte ER den Barkeeper an, der offensichtlich John hieß. John führte seinen Job sofort aus und ER trank ihn in einem Schluck aus. „Ich war bei der Gruppe", knurrte ER. „Wir wollten das nicht mehr diskutieren, die sind für uns Luft", zickte SIE und fächelte wie eine Irre vergeblich nach Frischluft.

Im nächsten Moment marschierte die Gruppe geschlossen mit Sektgläsern in der Hand an ihnen vorbei. ER schaute auf und begegnete dem Blick des „Anführers". Dieser grinste überheblich und rief ihm zu: „Haben ein Treffen auf der Brücke mit dem Ersten Offizier und dem Kapitän".

ER starrte finster der Gruppe nach, während SIE zunächst zu kichern begann, welches in ein lautes und sehr männliches Lachen überging. Dazu klopfte SIE sich kräftig auf die Schenkel.

Verständnislos und wütend sah ER SIE an. War es doch sein Traum gewesen, eine Einladung auf die Brücke zu erhalten, und das wusste SIE genau. SIE lachte immer noch, konnte sich nicht einkriegen und wedelte beschwichtigend mit der Hand. Auf einmal legte sich eine Hand auf seinen Arm, es war Johns Hand. ER nahm den Ohrring an Johns rechtem Ohr wahr. John lächelte und sagte: „Diese Leute mögen keine Männer, die schwul sind wie wir. Sie schließen sie sogar hier im Urlaub aus ihrer Gesellschaft aus." „Aber", keuchte SIE noch vom Lachanfall geschüttelt, „sie haben eine Einladung vom Kapitän, und der und der Erste Offizier sind ein schwules Paar, wie John mir vorhin verriet." *SIE hat gewusst, was das Problem war*, dachte ER. John lachte nun ebenfalls. ER küsste SIE in aller Öffentlichkeit auf den Mund, was selten vorkam, und prustete fröhlich heraus: „Mausi, wir werden einen wunderschönen Urlaub verbringen."

Junge aus Ost-Berlin

Ronny saß im Zug. Gelb leuchtende Rapsfelder zogen vorbei. Er glitt ins Reich der Träume hinüber, in dem - wie so oft - ein Meer von Bananen die Hauptrolle spielte. Danilo, sein fünf Jahre älterer Bruder, weckte ihn sanft, indem er an seinem Knie rüttelte. „Ronny, wir sind gleich da, das Abenteuer beginnt." Ronnys Augen klappten auf. Sein Blick fiel auf das morgendliche Hamburg. Er konnte den Michl erkennen. Im Traum war er durch Bananenplantagen gewandert, die neben dem Palast der Republik wuchsen. Sechsundzwanzig Jahre war es her, dass er sein Idol das erste Mal gesehen hatte. Er war dreizehn gewesen. Der Star hatte all die Freiheit in sein jugendliches Herz gesungen, nach der er sich sehnte. Damals gab es keine Chance, an eine Eintrittskarte zu kommen, denn nur ausgewählte FDJler waren bedacht worden. Also hatten sie vor dem Palast auf das Ende gewartet.

Als er kam, gab es einen Tumult, zu viele Menschen hatten auf ihn gewartet. Für eine Sekunde berührte Ronny die Hand des Stars und meinte, sein Nicken gelte ihm. „Halt durch", hatte Ronny verstanden und es war zu seinem Leitmotto in den nächsten sechs Jahren bis zum Mauerfall geworden. In der Schule und später in der Ausbildung bei der Kommune zum Werkzeugmacher.

Dabei war er musikalisch, aber für seine Künste auf der Gitarre interessierte sich kaum jemand. Na gut, später hatte er ein paar Mädchen beeindruckt, doch er war nie über seine Laienband hinausgekommen. An dem Tag, als die Mauer fiel, war er neunzehn. Sie feierten eine wahnsinnige Party, eine Party für die Freiheit. Er war einer der derjenigen, der mit auf der Mauer vor dem Brandenburger Tor gestanden hatte.

An dem Abend hatte er Christin kennengelernt. Sie kam aus dem Westteil der Stadt, sie verliebten sich auf Anhieb. Ronny hatte seine Hand nach West-Berlin gereicht und sie auf die Mauer gezogen. Das war zwanzig Jahre her. Sie heirateten und wurden Eltern von zwei wunderbaren Töchtern, die heute fünfzehn und achtzehn Jahre sind. Ihre Liebe hatte den gleichen Bestand wie seine zur Musik. Christin bewunderte Ronnys großes Musikidol ebenfalls und sprach ihm in den Jahren viel Mut für sein eigenes Fortkommen zu. Natürlich hatte er ihn live gesehen, in riesengroßen Konzerthallen. Für Ronny war es heute noch so, als ob er nur für ihn singen würde. Im letzten Jahr hatte Ronny auf seiner Homepage gelesen, dass er eine Fahrt mit Fans auf einem großen Schiff plante. Eine Kreuzfahrt. Und es ging noch weiter: Er suchte Gitarristen, die mit ihm gemeinsam musizieren würden. Da wusste Ronny, was er zu tun hatte. Christin überzeugte er schnell. Sie riet ihm aber, nicht sie, sondern seinen Bruder Danilo mitzunehmen, der zwar mäßig Gitarre spielte, sich aber geschickt im Knüpfen von Bekanntschaften anstellte. Christin war eben eine besondere Frau.

Vom Hamburger Hauptbahnhof ging es mit einem Shuttlebus schnell zum Schiff. Ronny suchte die Toilette auf, er war nervös. Als er zurück zum Kreuzfahrt-Terminal kam, winkte Danilo aufgeregt. Der Star war vorgefahren und näherte sich mit seinem Tross dem Gebäude. Ronny und ihn trennten fünf Meter. Ein Mitarbeiter einer Kreuzfahrtzeitung interviewte ihn, während er lässig an seiner Zigarre zog. Mehrere Bodyguards schirmten ihn professionell ab. Ronny schoss ein paar Fotos, dann war er hinter dem Check-in-Counter verschwunden. Die Brüder gingen kurze Zeit später an Bord. Ihnen gefiel das Schiffsleben sofort. Die Kabine war großzügig und bot genug Platz für zwei Gitarren, die sie sorgsam mit sich führten. Zum Mittagessen bevorzugten sie Bier und eine Currywurst am Grill. Ronny beobachtete die Menschen und stellte fest, dass Künstler aus der Band an Deck an ihnen vorbeiliefen. Sie waren alle da! Auch das Rahmenprogramm im TV und im bordeigenen Kino war auf den Künstler abgestimmt. Um 16 Uhr sollte das Schiff ablegen, und zur Freude der Brüder gab es mitten auf dem Pool-Deck einen Kurzauftritt.

Während der Star eines seiner alten Lieder performte, hing Ronny wie gebannt an dessen Lippen. Da war es wieder, dieses Gefühl von Freiheit, das er vor Jahren intensiv gespürt hatte. Am Abend fanden Ronny und Danilo früh den Weg in ihre Kabine, zu aufregend war dieser erste Tag gewesen. Am nächsten Morgen erreichten sie den Hafen von Dover. Ronny hatte den Ausflug nach London gebucht. Danilo ebenfalls, doch, obwohl die See absolut ruhig gewesen war, hatten ihn die ungewohnten Bewegungen des Schiffes nicht schlafen lassen. Er wollte den Tag nutzen, um fit zu werden. Ronny stieg in den Bus nach London. Die Tatsache, dass der Fahrersitz auf der anderen Seite war, befremdete ihn. Den Linksverkehr beobachtete er später aus dem Bus skeptisch, aber alles war vergessen, als sie sich den Vororten von London näherten. Mit Blick auf die Tower Bridge griff Ronny zum Handy und rief Christin an. Er brauchte jemanden, der dieses Erlebnis mit ihm teilte. In London angekommen, hatte er vier Stunden Freizeit. Er nahm eines der legendären London-Taxis und fuhr zum Buckingham Palace. Die Queen war anwesend, was man an der gehissten Fahne erkannte. Er bummelte danach ziellos durch die Stadt und fand sich zu seiner eigenen Überraschung in einem Klamottenladen in der King's Road wieder. Er sah Hosen, Jacken und Hemden, wie sie sein Idol trug. Aus Spaß zunächst probierte er die Kleidung an. Als er sich im Spiegel betrachtete und die Verkäuferin ihm wie zufällig einen schwarzen Hut aufsetzte, zuckte er zusammen. So ähnlich sah er jetzt seinem großen Vorbild. Er kaufte das komplette Outfit.

Zurück an Bord führte er Danilo seine neuen Schätze vor. Der war begeistert. Danilo, der wieder fit war, verpasste Ronny noch eine Sonnenbrille und überredete ihn, in der neuen Kleidung auf einen Drink an die Heck-Bar zu gehen. Auf dem Weg dorthin passierten sie das große Atrium, aus dem Musik erklang. Das bekannteste Lied des Stars, das von einem Sonderzug in die ehemalige DDR handelte, wurde auf dem Klavier zum Besten gegeben. Er spielte nicht selbst. Fans, die ebenso angezogen waren wie Ronny jetzt, lieferten eine perfekte Show, sowohl im Spiel auf dem Instrument als auch im Gesang und Tanz.

„Hol deine Gitarre, Ronny, da fehlst nur noch du", flüsterte Danilo ehrfürchtig. Ronny gehorchte und keine fünf Minuten später rockte er mit den anderen Fans das Atrium. Ronny war so in sein Spiel vertieft, dass er kaum die Hand wahrnahm, die sich auf seine Schulter legte. Im Glauben, es sei Danilo, winkte er ab. Auf einmal kehrte er zurück in die Wirklichkeit. Er bemerkte, dass der Gesang und die Klaviermusik verklungen waren. Er spielte ein Solo.

Und jetzt hörte er deutlich eine Stimme. Sie sagte: „Geilomat, Mann, lass uns sprechen." Ronny drehte den Kopf und sah direkt in die Augen des Stars. Er konnte es kaum glauben. Danilo hüpfte wild auf und ab und malte Siegeszeichen in die Luft. Der Star nahm ihn beim Arm und nuschelte etwas von „Lounge ist ruhiger". Schon befand Ronny sich mit ihm vor der VIP-Lounge. Die Dame am Empfang lächelte beim Anblick der zwei und winkte durch.

Als sie sich gegenübersaßen, konnte Ronny es immer noch nicht glauben. Der große Künstler war interessiert an ihm und seiner Musik. Es war wie im Traum. Fast zwei Stunden sprachen sie miteinander. Sein Idol wollte alles wissen und ihn in sein Team aufnehmen, wenn sie zur Einfahrt am nächsten Tag ein Konzert an Deck geben würden. Morgen früh bereits erwartete er ihn zur ersten Probe. Zum Abschluss gab der große Künstler ihm mit Blick auf seine Klamotten noch folgenden Tipp: „Steht dir, Mann, aber mach dein Ding."

Als Ronny die VIP-Lounge verließ, schwebte er beinahe. Danilo stand direkt vor der Lounge. Nicht alleine. Zahlreiche Fans hatten erfahren, dass er dort drinnen war, und warteten sehnsüchtig darauf, dass er hinauskommen möge. Als Ronny die Tür öffnete, seine Gitarre in der Hand, verstummten zunächst die Fans ehrfürchtig. Schnell war aber klar, dass er zwar dem Star ähnlich sah, doch sein jüngeres Alter verriet ihn – trotz Sonnenbrille. Ronny und Danilo fielen sich wortlos in die Arme.

Am nächsten Abend fuhren sie die Elbe mit Kurs auf Hamburg entlang. Den ganzen Tag hatten die Proben gedauert.

Als Ronny seinen Platz am Schornstein einnahm, bekam er eine Gänsehaut. Er konnte die Lichter der Stadt sehen. Niemals hätte er sich so eine intensive Begegnung träumen lassen, als er auf dieses Schiff stieg. Sie passierten die Landungsbrücken. Irgendwo da unten war Christin. Ronny hatte sie angerufen, sie wollte dabei sein, wenn auch nur vom Land aus. Gerade fuhr hell erleuchtet und majestätisch die Queen Mary 2 an ihnen vorbei. An der Pier tobte das Leben. Es war Hafengeburtstag und auf dem Dom fand das Frühjahrsfest statt. Ronny konnte deutlich das beleuchtete Riesenrad erkennen.

Dann ging es los. Alle Gitarristen hatten sich am Schornstein auf Deck 14 aufgestellt. Das große Idol nahm ein Mikrofon und rief: „Hallo Hamburg" in Richtung Land. Die Menschenmengen an Land antworteten mit begeistertem Geschrei. Dann begannen sie auf ihren Gitarren zu rocken und der Star sang einen alten „Ohrwurm". Er stellte sich direkt neben Ronny, und als dieser sein Gitarrensolo spielte, rockte er mit ihm, bis sie voreinander knieten. Es war der Wahnsinn. Tausende Fotoapparate waren auf sie gerichtet, und als der Sänger nach dem Lied: „Ihr seid spitze" rief, antworteten Fans an Bord und an Land gleichermaßen mit wildem Applaus. Sie spielten noch ein weiteres Lied. Als das Schiff an der Pier festmachte, lud der große Künstler alle Musiker in die Casino-Bar ein. Ronny hatte gegenüber Christin ein schlechtes Gewissen, doch Danilo versicherte ihm, dass er an Land gehen und ihr alles berichten würde.

Ronny fühlte sich erleichtert. Die Stimmung in der Bar war einzigartig. Alle Musiker waren da und feierten mit Bier und Eierlikör den gelungen Auftritt. Der Star kam mit seinem

Manager zu Ronny, schlug ihm kumpelhaft auf die Schulter und sagte: „Das war ganz groß, mein Freund. Nächstes Jahr im Mai drehen wir ein richtig geiles Ding. Mit Stecker raus, einem Fernsehsender und so. Da musst du in meiner Truppe mitspielen."

Wiedersehen in Hellas

Sie erwachte unsanft durch einen lauten Knall. Ihr Blick ging zum Wecker, 4 Uhr morgens. Sie gähnte müde. Mit einem Mal vermeinte sie, Schreie zu hören. Sie stand auf und blickte aus dem Fenster des Klosters hinüber zur Mäuseinsel. Sie traute ihren Augen nicht. Am Strand, der sich von ihr aus auf der linken Seite der Insel befand, war ein großes Schiff aufgelaufen.

Es handelte sich um eine amerikanische Luxusyacht für fünfzig Personen, die regelmäßig Korfu-Stadt anlief. Die Menschen, die damit reisten, waren wohlhabend. Oft kamen sie zu ihrem Kloster, weniger des Glaubens wegen, sondern weil ihr Kloster als eines der schönsten Fotomotive Griechenlands galt. Dann vereinnahmten sie das Gebäude und schauten hinter jede nicht verschlossene Tür. Privatsphäre war diesen Menschen nicht bekannt. Trotzdem warf Tilla schnell ihre Ordenstracht über. Keine Minute zu spät, schon riss die Oberin die Tür zu ihrem Schlafraum auf und rief: „Schwester Tilla, schnell, wir müssen alle wecken. Auf der Mäuseinsel ist eine große Yacht auf den Strand gefahren." Tilla nickte und lief durch die anderen Zimmer, um ihre Mitbewohnerinnen zu wecken. Eilig wurden Decken, Taschenlampen, Wasserflaschen und Kissen zusammengetragen. Zehn Minuten später fuhren sie mit der Oberin zur Insel hinüber. Als sie sich mit dem Boot näherten, konnte Tilla den Namen der Yacht erkennen: *Ocean Dream*. Das Schiff war auf ein Felsenriff, das sich vor der Küste befand, aufgelaufen. Dort lag es in leichter Schräglage. Tilla konnte einen Riss am Rumpf an der Steuerbordseite erkennen, der acht Meter maß. Als sie das Ufer erreichten, war außer ihnen bereits ein Rettungstrupp aus Korfu-Stadt auf der Insel. Der Einsatzleiter lief auf ihr Boot zu und machte ihnen Zeichen, einige Meter weiter rechts an Land zu gehen. Tilla und die Nonnen sprangen mit den Schuhen ins Wasser und zerrten das Motorboot an den Strand. Die Mutter Oberin behielt wie immer einen kühlen Kopf und richtete mit ein paar Handgriffen ein provisorisches Camp ein. Rettungskräfte brachten den Nonnen bereits die ersten Passagiere zur Betreuung, die stark unter Schock standen. Sie wurden in Decken gehüllt und bekamen Getränke gereicht. Je nach Nationalität versuchten die Nonnen beruhigende Worte in deren Muttersprache zu finden.

Der Einsatzleiter brachte einen Mann zu Tilla. Er war nicht mehr jung, vielleicht vierzig Jahre. Er weinte verzweifelt. Tilla nahm ihn bei der Hand und half ihm behutsam, auf einer Decke im Sand Platz zu nehmen. Er redete permanent vor sich hin. Tilla, die ursprünglich aus Deutschland kam, verstand ihn. „Es ist alles gut", sagte sie zu ihm „Sie sind in Sicherheit." Überrascht blickte er auf.

Sie sah direkt in seine braunen Augen. *In diese Augen habe ich schon mal geschaut*, dachte sie erstaunt. Doch ihr blieb keine Zeit, darüber nachzudenken, denn er entgegnete barsch: „Was wissen Sie? Meine Freundin ist weg!" Tilla, die über viel Erfahrung mit Schockpatienten verfügte, entlockte ihm geschickt und mit wenigen Fragen alle erforderlichen Informationen. Sie waren vorgestern in Venedig an Bord der *Ocean Dream* gekommen. Sie hatten zunächst einen entspannten Seetag auf der Adria verbracht. Im Laufe des Tages war es mit Nadja jedoch zu einem handfesten Krach gekommen. Schuld war seine Eifersucht. Er gestand Tilla, dass er große Verlustängste habe. Der Erste Offizier der *Ocean Dream* hatte Nadja schon tagsüber an Deck schöne Augen gemacht, und als sie seine Aufforderung zum Tanz am Abend angenommen hatte, war bei ihm eine Sicherung durchgebrannt. Er musste zuschauen, wie seine Freundin den Offizier anlachte und sich hervorragend amüsierte. Er hatte daraufhin, und weil er den Anblick nicht mehr ertragen konnte, das Deck verlassen und in der Kabine auf Nadja gewartet. Nach drei Whisky war er eingeschlafen. Als er vor einer Stunde durch den Knall, den das Schiff beim Auslaufen erzeugt hatte, aufgewacht war, hatte er gesehen, dass ihre Betthälfte unbenutzt war. Er weinte wieder, entwickelte aber langsam Vertrauen zu Tilla, denn er lehnte sich an ihre Schulter.

Tilla konnte seinen Geruch wahrnehmen. *Ich kenne ihn,* dachte sie, *nur woher?* „Wie heißt du und woher aus Deutschland kommst du?“, fragte sie betont beiläufig. „Ich wohne in Frankfurt“, flüsterte er unter Tränen zurück. „Und dein Name lautet?“, fragte sie weiter. „Nenn mich Jo“, antwortete er, „meinen richtigen Namen kann ich nicht leiden.“ In diesem Moment kam der Einsatzleiter zu Tilla und nahm sie kurz zur Seite. Jo war wie in Trance, sodass er es nicht zu bemerken schien. „Wir haben seine Freundin in der Kabine des Ersten Offiziers gefunden. Sie ist verletzt und momentan noch nicht bei Bewusstsein. Wir lassen sie jetzt per Helikopter nach Korfu-Stadt ausfliegen“, berichtete der Retter leise. Tilla verstand. „Er kann vorübergehend bei uns im Kloster wohnen, ich nehme ihn gleich mit hinüber.“

Tilla wandte sich Jo zu und berichtete behutsam von

den Ereignissen. Jo seufzte. Tilla machte sich mit ihm und einigen anderen Passagieren, die ebenfalls eine Zeitlang im Kloster bleiben sollten, um auf Angehörige zu warten, auf den Rückweg. Sie waren auf dem Meer, als der Helikopter über sie hinwegflog, um Nadja zu holen. „Ich besuche sie morgen", sagte Jo wie zu sich selbst. „Natürlich", stimmte Tilla zu und drückte seine Hand.

Als sie im Kloster ankamen, hatten Tillas Kolleginnen Zimmer für die Neuankömmlinge vorbereitet. Tilla ärgerte sich über den Auflauf schaulustiger Touristen und Pressevertreter, die am Kai standen und mit Fotoapparaten bewaffnet versuchten, Bilder des Unglücks einzufangen. Tilla herrschte sie an, Platz zu machen und nach Hause zu gehen. Sie lieferte Jo in einem der Zimmer ab und bat ihn, sich ein wenig hinzulegen, sie würde später mit einem kleinen Imbiss zu ihm kommen. Auch jetzt widersprach er nicht. Als sie zehn Minuten später leise nach ihm sah, schlief er tief und fest.

Als alle neuen Mitbewohner versorgt waren, kam Tilla zur Ruhe. Der Morgen steckte ihr in den Knochen. Sie war jetzt knapp fünfundsechzig Jahre, aber so einen dramatischen Einsatz hatte sie selten erlebt. Sie nahm sich einen Stuhl und setzte sich in den nicht einsehbaren Innenhof des Klosters. Die Rettungsarbeiten auf der Mäuseinsel dauerten noch an, und immer wieder flog der Hubschrauber hinüber. *Sicher wird es Tage dauern, bis das Schiff repariert ist und die Passagiere die Insel verlassen können,* dachte Tilla. In den Mauern des Klosters fühlte sie sich stets sicher und geborgen. Eben wie in Gottes Hand. Langsam fiel die Anstrengung des Tages von ihr ab.

Sie war vor vierzig Jahren nach Korfu gekommen. Oft meinte sie, kein „davor" mehr zu kennen, doch heute zwang sie sich, an das frühere Leben in Deutschland zu denken. Sie kannte Jo, sie musste nur überlegen, wo und vor allem wann sie ihm begegnet war. Um ihre Gedanken zu vertiefen, suchte sie die Klosterkirche auf. Sie nahm weit vorne auf einer Kirchenbank Platz und begann zu beten. Ihr Blick war starr auf den Altar gerichtet. Nach einer Stunde verließ sie die Kirche und dankte Gott, dass er ihr die Antwort auf ihre Frage gesandt hatte.

Tilla begab sich in die Küche, in der die Köchinnen Essen für die Neuzugänge vorbereitet hatten. Tilla trug den Teller, auf dem Fleisch vom Spieß, Tomatensalat, Schafskäse und ein Stückchen frisch geröstetes Brot lagen, in Jos Zimmer. Sie stellte alles auf dem Tisch ab. Jo war bisher nicht aufgewacht und seine Atemzüge verrieten ihr, dass er tief und fest schlief. Auf dem Tisch lag sein Portemonnaie. Tilla nahm es in die Hand, klappte es auf und durchsuchte es nach einem persönlichen Hinweis. Sie wurde schnell fündig. Als sie seinen Personalausweis herauszog, klopfte ihr Herz schneller. Als sie seinen Namen und seine Geburtsdaten las, Johannes Bremer, geboren am 1.9.1970 in Mannheim, stieg eine innige Wärme in ihr auf. Er war es wirklich. Schnell steckte sie den Ausweis zurück. Langsam ging sie auf das Bett zu und setzte sich auf die Kante. Wie oft hatte sie in den ersten Jahren, nachdem er abgeholt worden war, an ihn gedacht. Sie hatte damals auf ihrer Station im Kinderheim viele Kinder betreut, doch zu Johannes hatte sie von Anfang an eine besondere Beziehung gehabt. Sie war es gewesen, die ihn auf den Stufen des Heims in einem Korb gefunden hatte. Darin lag ein Zettel mit dem Namen *Johannes*. Man hatte nach der Mutter gesucht, sie aber nie gefunden.

Mit zwei Jahren war er zu Pflegeeltern gekommen. Sie kamen aus Frankfurt, waren reich und überglücklich, ihn zu sich zu nehmen, da sie in ihrer Ehe kinderlos geblieben waren. Bremer Senior war ein begnadeter Herzchirurg und Tilla las selbst auf Korfu über ihn in der Zeitung.

Es war Johannes' Verlust, der Tilla veranlasste, Deutschland den Rücken zu kehren. Sie vermisste ihn, als wäre er ihr eigener Sohn gewesen. Die Bremers hatten Tilla herzlich für die liebevolle Pflege gedankt, doch sie wünschten keinen Kontakt nach der Abgabe. Tilla vermutete, dass sie Johannes damit schützen wollten. Oft hatte sie sich gefragt, ob sie ihrem Sohn die Wahrheit über seine Herkunft erzählen würden. Als eine Nonne, zunächst befristet für ein Jahr, auf Korfu gesucht wurde, bewarb sie sich. Nach einem halben Jahr fühlte sie sich so heimisch und geborgen in den Mauern dieses Klosters, dass sie beschloss zu bleiben. Der räumliche Abstand zu dem kleinen Kind reduzierte die Nähe und Sehnsucht. Und nun schickte der Herr ihr nach Jahren Johannes und das auf dramatische Weise. *Das musste etwas zu bedeuten haben, nichts im Leben überlässt er dem Zufall*, dachte Tilla.

Sie strich Johannes, der immer noch schlief, über das Haar. Wie damals. Johannes öffnete die Augen. „Johannes, ich habe dir eine Kleinigkeit zu essen gebracht", sagte sie sanft. „Danke", antwortete er mit leiser Stimme und fuhr fort: „Ich habe geträumt, nicht von der Yacht, sondern von früher, als ich klein war, und bitte nenne mich Jo." „Das sind die Nachwirkungen des Schocks, den du hattest", sagte Tilla. „Okay, aber im Traum hat es sich angefühlt wie jetzt, als ich aufwachte und du an meinem Bett gesessen hast", gab er zurück. Tilla lächelte und reichte Johannes das Tablett mit dem Abendessen. Er begann sich mit großem Appetit über die griechischen Köstlichkeiten herzumachen. „Wohnst du schon lange hier im Kloster?", wollte Johannes kauend wissen. Tilla fiel auf, dass er nicht von Nadja sprach. „Seit vierzig Jahren", antwortete sie. In diesem Moment öffnete sich die Tür zu Johannes Gästezimmer. Tilla, die die Oberin erwartet hatte, zuckte zusammen, als sie einen älteren Mann sah. Schnell erhob sie sich und ging auf den Besucher zu, als sie Johannes „Papa" rufen hörte. In diesem Moment erkannte sie den alten Herrn Bremer. Ihre Blicke kreuzten sich. „Das ist Schwester Tilla, sie hat sich lieb um mich gekümmert nach dem Unglück", führte Johannes aus. Bremer reichte Tilla die Hand und begrüßte sie, als ob er sie noch nie gesehen hätte. Tilla ließ das über sich ergehen, zog sich aber sofort zurück.

Im Hof traf sie die Oberin. „Der Vater des Jungen ist eingetroffen, er hat in den Nachrichten von dem Unglück gehört und sich sofort in den nächsten Flieger gesetzt." Tilla nickte. Sie setzte sich auf eine niedrige Mauer und blickte auf die Mäuseinsel. Die Retter hatten ihre Arbeiten abgeschlossen. Einsam lag die schöne weiße Yacht auf dem Strand. Tilla saß dort und wartete, sie war sich sicher, dass Bremer Senior sie suchen würde, wenn er sich erst von der Unversehrtheit seines Sohnes überzeugt hatte.

So kam es auch. Keine halbe Stunde später setzte Bremer Senior sich wortlos zu ihr auf die Mauer und starrte ebenfalls auf die Yacht. Seine Hand legte sich auf ihre und er drückte sie fest. „Sie haben das sehr gut gemacht", lobte er. „Ich habe meine Arbeit getan, Herr Bremer, mehr nicht." Tilla sah auf den Boden. „Das meine ich nicht“, gab er zurück, „ich finde es gut, dass Sie offensichtlich nicht erwähnt haben, wer Sie sind.“ Tilla seufzte laut auf. „Aus Johannes ist ein stattlicher Mann geworden, aber er scheint Probleme zu haben“, merkte sie an. Nun seufzte Herr Bremer ebenfalls. Nach einigen Minuten, in denen beide schwiegen, begann er zu erzählen. Ein Jahr nachdem sie Johannes geholt hatten, war seine Frau durch einen tragischen Verkehrsunfall ums Leben gekommen. Tilla blickte bestürzt drein, darüber hatte sie in den Zeitungen nichts gelesen. Er hatte sich zwar alle Mühe gegeben, die Mutter zu ersetzen, doch es war ihm als viel beschäftigtem Arzt nie gelungen. Es hatte danach Frauen in seinem Leben gegeben, doch Johannes hatte jede abgelehnt und so war er allein mit ihm geblieben. Seine Frau und er hatten vereinbart, Johannes über seine Herkunft aufzuklären, wenn er alt genug war. Durch den Tod war dies ausgeblieben und im Alter von siebzehn fand Johannes heraus, dass er gar nicht der *richtige* Vater war. Bremer hatte ihm notgedrungen alles sagen müssen, hatte jedoch die intensive Beziehung zu Tilla in den ersten zwei Jahren verschwiegen. Johannes tat sich trotz seines guten Aussehens schwer, eine Freundin zu finden. Verließ ihn eine, verfiel er in monatelange Depressionen. Bremer hatte gehofft, dass mit Nadja alles anders werden würde. Sie war seit zwei Jahren mit Johannes zusammen und er hatte den beiden diese Reise geschenkt und heimlich Nadja gut zugeredet. Bremer hatte erwartet, dass Johannes Nadja einen Heiratsantrag in diesem Urlaub machen würde.

„Nadja war nachts in der Kabine des Ersten Offiziers“, gab Tilla zu bedenken. „Ich weiß“, sagte Bremer, „ich war zuerst im Krankenhaus bei ihr. Sie ist wieder bei Bewusstsein. Bei ihr brannte eine Sicherung durch, wie man so schön sagt, nachdem der erhoffte Antrag bei der Ausfahrt nach Venedig nicht erfolgte. Aber ich denke, die Sache ist ohnehin aus." Bremer Senior begann zu weinen. Tilla ließ ihn eine Weile gewähren, dann nahm sie all ihren Mut zusammen und sagte: „Johannes könnte eine Weile hier bei mir auf Korfu bleiben und ich würde mit ihm, mit der Hilfe Gottes, seine Vergangenheit aufarbeiten. Ein räumlicher Abstand zur Heimat bewirkt oft Wunder, wissen Sie." Bremer schaute sie an, er hatte noch Tränen in den Augen: „Ja, das ist eine gute Idee. Niemals hätte ich erwartet, dass ich mich bei ihnen ein zweites Mal in meinem Leben bedanken darf, Schwester Tilla."

Ein Tag im Leben einer Webcam

Ich kenne euch und eure Gewohnheiten. Na gut, nicht gleich am ersten Tag, aber nach zwei bis drei Tagen weiß ich Bescheid. Oft freue ich mich, euch zu einer weiteren Kreuzfahrt an Bord wiederzusehen. Manchmal stöhne ich innerlich bei eurem erneuten Anblick auf. Mein Standort ist hoch oben auf Deck 14. Dort hänge ich links neben dem Schornstein bei Wind und Wetter, an einer Strebe befestigt. Ich bin eine Schiffs-Webcam. Meine Aufgabe ist es, täglich einen Vierundzwanzig-Stunden-Film abzuspeichern, und ihr seid meine Hauptdarsteller!

Ich kann das innere Pool-Deck sowie die Pool-Bar einsehen. Ebenso kann ich über die Reling blicken, und wenn wir im Hafen liegen, kann ich das Geschehen an der Pier verfolgen. Ich bin auf einem großen Kreuzfahrtschiff montiert. Zweitausendfünfhundert Passagiere können mitfahren. Das Schiff hat eine blaue Farbe und Schriftzüge auf seiner Außenhaut. Im ersten Jahr, als das Schiff auf den Markt kam, war das Publikum älter. Seitdem der Firmenchef an Bord ein All-inklusive-Getränke-Konzept eingeführt hat, kommen viele jüngere Menschen an Bord. Jetzt ist an der Bar von frühmorgens bis spätabends mächtig was los. Die Passagiere, die alle Getränke mit dem Reisepreis bezahlt haben, trinken so viel wie möglich. Verständlich. Ich habe gut zu tun, surre hin und her, halte alles fest und sende meine Bilder mittels eines Livesstreams direkt auf einen Monitor, der auf der Brücke steht. Ihr Menschen nehmt mich oft nicht wahr, und daher habe ich die Freiheit eines unbekannten Voyeurs.

Es ist 6 Uhr morgens, die Sonne geht auf. Wir nähern uns der langen, steinernen Pier von Tallinn. Ich kann bereits deutlich einen Teil der alten Stadtmauer erkennen sowie die große Stadtpforte, die jeder hier die „dicke Margarethe" nennt. Erste Jogger sind an Deck gekommen und drehen gesundheitsbewusst und wenig verbissen ihre Runden. Sport wird an Bord groß geschrieben, genauso wie Wellness. Um 6.30 Uhr haben wir an der Pier festgemacht und unser Kapitän lässt den Anker hinunter. Die ersten hungrigen Passagiere laufen über das Deck zu den Restaurants, um sich mit einem guten Frühstück für den Tag zu stärken. Zwischen 7 und 9 Uhr ist die ruhigste Zeit auf dem Pool-Deck. Da erfasse ich mit meiner Linse die Dame von gestern Abend, die einen über den Durst trank. Nennen wir sie Helgard. Sie war gegen 19 Uhr derart alkoholisiert, dass sie versuchte, den männlichen Saunabesuchern, die hier nach ihrem „Gang" ein kühles Mineralwasser genießen wollten, unter die Bademäntel zu schauen. Die Herren zeigten sich sichtlich erschrocken über so viel weibliches Interesse. Der Spaß hörte für sie auf, als Helgard Kommentare ausrief wie: „Och nee, das geht ja gar nicht!" Schließlich wurde sie von der Security-Mannschaft abgeführt und vermutlich zu ihrer Kabine geleitet, sie tauchte den ganzen Abend nicht mehr auf.

Heute Morgen sieht Helgard munter aus und bleibt kopfschüttelnd vor der noch geschlossen Pool-Bar stehen, die erst um 10 Uhr öffnet. Sie geht frühstücken, da gibt es auch Sekt.

Gegen 8 Uhr kommen die ersten Passagiere vom Frühstück zurück. Sie haben Ausflüge gebucht und hetzen schnellen

Schrittes über das Deck. Um diese Zeit tauchen grundsätzlich die „Liegen-Reservierer" auf und platzieren ihre Handtücher. Obwohl im Tagesprogramm steht, dass es nicht erlaubt ist, halten sich die Gäste nicht daran. Gegen 9 Uhr kommt der Deck-Steward und räumt alle reservierten Liegen wieder ab und deponiert die persönlichen Dinge an der Handtuchstation. Er prüft noch den Chlorgehalt des Pools und begibt sich dann an seine Station, bereit, die ersten Schimpftiraden der Gäste an diesem Morgen über sich ergehen zu lassen. Lange warten muss er nicht. Zwei ältere Damen erscheinen lautstark vor sich hin schimpfend bei ihm. Dabei sind noch viele Liegen frei! Beschwichtigend händigt er ihnen ihre persönlichen Sachen aus und versucht sein Tun freundlich zu erklären. Er hat keine Chance. Erneut reservieren sie die gleichen Liegen wie zuvor mit Handtüchern, Büchern und Sonnenbrillen und verlassen das Sonnendeck nach wenigen Minuten. 9.30 Uhr. Viele Gäste haben das Frühstück hinter sich und die Raucher versammeln sich an den Tischen auf der linken Seite, um ihre „Nach-dem-Frühstück-Zigarette" zu zelebrieren. Kurz vor 10 Uhr wird das Pool-Deck voller, und als die Pool-Bar um 9.55 Uhr ihre Rollladen hochlässt, stehen die ersten durstigen Kreuzfahrer am Tresen. Mir ist es absolut unverständlich, wie man (und auch Frau) um 10 Uhr morgens Bier trinken kann, aber es scheint zu gehen. Der Barmann hat alle Hände voll zu tun. Nun erscheinen die ersten Jungs der Männerclique aus einer kleinen Stadt im Eichsfeld, die gestern bei der Barschließung gegen 24 Uhr meinten, die Party im Pool mit Champagner fortsetzen zu müssen. Viel Spaß hatten sie nicht. Die Security hat sie quasi einzeln aus dem Pool befördert und sie wurden, fachmännisch in Handtücher eingewickelt, „abgeführt". Ein paar von ihnen sind wieder fit und bestellen munter Bier und Schnaps. Prost!

Überhaupt scheint der momentanen Barbevölkerung unser Traumziel Tallinn egal zu sein. Am liebsten würde ich ihnen zurufen, wie wunderbar es in dieser mittelalterlichen Stadt ist, die früher Reval hieß und fest im Bund der Hanse verankert war. Kurzer Blick auf die Festung, ablehnende Handbewegung, und schwups, das nächste Bier ist wichtiger. Schade. Dabei genießen wir heute einen traumhaften, sonnigen Tag mit 26 Grad. Selten ist es so warm in Estland im Sommer.

Das gute Wetter lässt die ersten Ausflügler gegen 11 Uhr zum Schiff zurückkehren. Das Sonnendeck vor mir wird stark frequentiert und jetzt ist jede Liege belegt. Sie baden im Pool, brutzeln in der Sonne und genießen ihren Urlaub. Schlag 12 Uhr beginnt eine Unruhe auf dem Deck, als wäre ein Schwarm Wespen eingefallen. Hektisch springen sie von ihren Liegen auf, werfen noch T-Shirts über ihre Körper und strömen im Eilschritt unter Deck. Das Mittagessen in den Restaurants steht bereit. Auch auf der Pier tobt das Leben. Die ersten Ausflugsbusse kehren pünktlich zum Mittagessen zurück und die Kreuzfahrer schieben sich in Richtung Gangway. Die Männerrunde an der Pool-Bar belächelt dies. Es wird eifrig weitergetrunken, nur ab und zu verschwindet einer kurz zum Pool-Grill gegenüber, um mit einer Currywurst oder einem halben Hähnchen wieder kauend am Tresen zu erscheinen.

Helgard hat sich inzwischen der Herrenrunde angeschlossen. Ihr rheinischer Dialekt und ihre frechen Kommentare schallen bis zu mir hinauf. Die Jungs heißen alle „Liebchen", es scheint sie nicht zu stören. Wenn das ihre Frauen zu Hause wüssten!

Ab 14 Uhr kehrt Ruhe auf dem Pool-Deck ein. Geschafft

vom Mittagessen dösen viele Passagiere entspannt in ihren Liegestühlen. Sogar die Pool-Bar liegt verwaist da. Einige der Eichsfelder Jungs sind doch an Land gegangen, die anderen liegen nach der „ersten Runde“ in der Kabine. Helgard schläft ebenfalls in einem Liegestuhl an Deck und schnarcht unappetitlich vor sich hin.

Am Nachmittag kommt wieder Leben auf das Deck. Auf der einen Seite vor der Pool-Bar wird, wie jeden Tag, ein zusätzlicher Getränkestand aufgebaut. Dort gibt es für die Gäste landestypische Drinks zur Verkostung. Heute in Estland sind dies zwei Mixgetränke mit Wodka. Passend zur estnischen Fahne ist der Stand heute in den Farben blau, schwarz und weiß dekoriert. Auf der anderen Seite werden von den Stewards gerade unendlich viele Windbeutel auf vier langen Tischen angerichtet. Es dauert nicht lange, da bilden sich rechts und links Schlangen, dabei ist der Startschuss für beide Köstlichkeiten erst um 16 Uhr vorgesehen. Nach der großen Windbeutel- und Wodkaschlacht wird es erneut ruhig auf meinem Deck.

Erst gegen kurz vor 18 Uhr kommen Passagiere hinauf, um das Ablegen zu beobachten. Kurz davor macht der Kapitän eine Durchsage von der Brücke. Munter informiert er, dass wir den Hafen von Tallinn planmäßig verlassen werden. Er verspricht den Gästen eine ruhige Überfahrt in der heutigen Nacht und ergänzt, dass das gute Wetter uns weiterhin erhalten bleibt. In St. Petersburg, dort sollen wir ab morgen zwei ganze Tage vor Anker gehen, soll es warm und sonnig werden. Die Gäste lächeln zufrieden. Langsam lösen wir uns von der Pier und die schöne Stadt Tallinn entfernt sich Meter um Meter von uns.

Auf dem Kai stehen noch ein paar Reiseleiter und winken. Eine liebe Geste. Aus dem Bordlautsprecher ertönt unsere Schiffshymne. Die ersten Gäste singen mit. Nachdem unser Kapitän das Schiff fachmännisch gedreht hat, nimmt er Kurs auf die Ostsee und verabschiedet sich mit zwei langen Tönen aus dem Typhon. Kleine Fischerboote im Hafen erwidern den Abschiedsgruß. Ein echtes Gänsehautgefühl selbst für mich, ein technisches Gerät.

An der Reling steht ein Paar mittleren Alters, das verträumt Arm in Arm seinen persönlichen Abschied von Tallinn nimmt. Ich freue mich mit ihnen, hatte ich sie vor zwei Tagen noch einzeln an Bord gesehen. So wie sie sich innig in die Augen sehen, haben sie sich verliebt. Punkt 18.30 Uhr öffnen die Restaurants und das Deck ist wieder leer. Die Stewards räumen die Liegen ein und stapeln diese sorgsam vertäut in einer Ecke. Man kann nicht wissen, ob nicht doch mit Seegang zu rechnen ist. Nach der Schließung der Restaurants ist heute Abend nicht viel los an Deck. Das morgige Ziel, St. Petersburg, ist schuld daran. Viele Ausflüge beginnen um 8 Uhr morgens und dauern den ganzen Tag. Da wollen die Kreuzfahrer fit sein, es ist für viele der Höhepunkt der Reise.

Die Jungs aus dem Eichsfeld bevölkern dennoch die Pool-Bar. Bei einem genauen Zoom sehe ich, dass sie nicht vollständig sind. Sie stimmen sich mit Wodka auf das neue Land ein und singen einträchtig, aber ziemlich falsch: „Moskau, Moskau, werft die Teller an die Wand, Moskau ist ein schönes Land." Danach brechen sie in ein großes albernes Gelächter aus. Das hier nichts an die Wand geworfen wird, darauf hat die Security, die alle halbe Stunde an der Bar vorbeipatrouilliert, ein wachsames Auge. Um kurz vor 12 Uhr erscheint Helgard mit einem Glas Weißwein in der Hand. Sie hat Pech, die Rollladen der Bar werden gerade hinuntergelassen. Heute wird hier nicht mehr ausgeschenkt. Nachdem die Gläser der Eichsfelder leer sind, verlassen sie gemeinsam mit Helgard das Pool-Deck. Vielleicht besuchen sie noch gemeinsam eine Bar im Innenbereich? Das Deck ist menschenleer und auch ich stelle meinen „Schlafmodus" ein.

Lieber Leser, nun durftest Du mich knapp vierundzwanzig Stunden lang begleiten. Wie Du gelesen hast, entgeht mir nichts. Übrigens auch nicht meinen dreißig anderen Kumpels, die überall auf dem Schiff verteilt sind. Merkst Du was? Wir sind alle immer bei Dir in deinem Urlaub. Monatlich treffen wir uns im Technikraum zur Reinigung, die salzige Seeluft würde unsere Mechanik sonst angreifen. Da tauschen wir uns regelmäßig über unsere lustigsten Aufnahmen aus. Wenn Du ein Kreuzfahrer bist und über eine Situation aus deinem letzten Urlaub an Bord nachdenkst, über den wir Webcam-Jungs herzhaft geschmunzelt haben, dann habe ich meine Aufgabe mit dieser Geschichte erfüllt.

Angenommen

Langsam bog der Bus um die Hafenecke und gab den ersehnten Blick auf das Schiff frei. Marion ergriff spontan Klaus' Hand und rief: „Da ist sie!“ Sie war das Kreuzfahrtschiff, mit dem das Paar eine Woche lang kleine italienische Häfen und Buchten ansteuern würde. Es war keines der üblichen großen Kreuzfahrtschiffe. Bei der *Summerwind* handelte es sich um eine Mischung aus einer großen Yacht und einem Segler. Dreihundert Passagiere hatten Platz und das Publikum war als international angepriesen worden. Klaus freute sich über die Begeisterung seiner Frau und sah sie liebevoll an. Der Bus hielt vor der kleinen Check-in-Halle. Sie konnten sofort ihre Koffer abgeben und die Einschiffungsmodalitäten waren rasch erledigt. Klaus blickte sich in der Halle um und stellte fest, dass keine Kinder zu sehen waren. *Gott sei Dank*, dachte er beruhigt. Auf dem kurzen Weg zum Schiff, entlang der Pier, hörten sie die unterschiedlichsten Sprachen, in denen sich ihre Mitfahrer unterhielten. Klaus meinte Englisch, Spanisch und Italienisch zu verstehen. Nachdem sie ihre Kabine, die traumhaft eingerichtet war, bezogen hatten, machten sie sich zu einem ersten Rundgang über die *Summerwind* auf. Sie bewunderten die großen Masten aus Stahl, an denen später auf Knopfdruck die Segel gehisst werden würden. Überall gab es kuschelige Sitzecken und die Sonnenliegen waren aus teurem Teakholz. Marion entdeckte sofort ihren zukünftigen Lieblingsplatz: eine abgeteilte Ecke auf dem höchsten Deck, auf dem zwei Sonnenliegen und ein kleiner Tisch standen. Zur Dekoration war ein großes Steuerrad aus Holz an der Reling angebracht. Die Sonne ging schon unter, als sie später aus dem Hafen von Civitaveccia ausliefen. Sie hatten sich für heute Abend für das Steakrestaurant an Deck entschieden. Mitten auf dem Pool-Deck war ein großer Grill aufgebaut worden und es roch herrlich nach gebratenem Fleisch. Später besuchten sie kurz die Bar am Heck des Schiffes, aber vom Anreisetag ermüdet, kehrten sie früh in ihre Kabine zurück. Klaus lag im Bett, während Marion sich noch für die Nacht im Bad zurechtmachte. „Nettes Publikum an Bord", rief Marion fröhlich aus dem Badezimmer. „Ja, und keine Kinder, wie wir es uns gewünscht hatten", antwortete Klaus. Marion trat aus dem Bad und ein kleiner trauriger Schimmer huschte kurz über ihr Gesicht. Dann kuschelte sie sich an Klaus, der das Licht löschte.

Als sie am nächsten Morgen das Deck zum Frühstück betraten, ankerten sie vor der Bucht von Portofino. Sie nahmen ihr Frühstück auf der Außenterrasse des Buffetrestaurants ein und bestaunten die kleinen bunten Häuschen an Land, die wie gemalt aussahen, während die Landschaft von einem großen Berg dominiert wurde. Die *Summerwind* tenderte eifrig mit ihren Rettungsboten, um die Passagiere nach und nach an Land zu bringen. Als Marion und Klaus in das Tenderboot einstiegen, war dies gut gefüllt, und nur ein Sitzplatz war noch frei. Marion setzte sich und schaute nach rechts, direkt in zwei große, braune Kinderaugen. „Hallo", sagte das Kind zu Marion, dessen Hautfarbe tiefschwarz war, „fahrt ihr mit zum Hafen?" Marion lächelte und sagte: „Na klar, wie heißt du denn?" „Maria." Marion schätzte Maria auf ungefähr sechs Jahre. „Bist Du allein hier?", wollte Marion wissen und wunderte sich, dass dieses schwarze Mädchen perfekt Deutsch sprach. „Mein Papa ist da vorne", sagte Maria und zeigte auf einen Mann, der eine weiße Uniform trug und den Passagieren beim Einsteigen half.

Klaus beobachtete besorgt die Szene aus einiger Entfernung. Als er sah, dass Marion fröhlich drein schaute, war er beruhigt. Als das Tenderboot das Schiff verließ und Richtung Hafen fuhr, kam Marias Vater zur Sitzbank, hob sie liebevoll hoch und setzte sie auf seinen Schoß. Maria plauderte aufgeregt mit ihrem Papa und stellte ihre neue Bekannte vor. „Dr. Seiter, ich bin der Schiffsarzt", sagte er und gab Marion die Hand. Marion erfuhr, dass Maria eine Woche Urlaub bei ihrem Papa auf dem Schiff verbrachte, da ihre Mutter, ebenfalls Ärztin, in der Praxis daheim unabkömmlich sei. Die Familie wohnte wie sie in München und am Ende der Woche würde der halbjährige Einsatz von Dr. Seiter auf dem Schiff beendet sein, und er mit Maria zurück in die Heimat fliegen. Als sie den Hafen von Portofino erreichten, trennten sich ihre Wege. Klaus nahm Maria in den Arm und die beiden schlenderten entlang der vielen bunten Häuser, die sie vom Schiff aus bewundert hatten. Gegen Mittag kehrten sie in eine Taverne ein, die direkt in dem kleinen Hafen auf einem Ponton lag. Man hatte einen tollen Blick auf das Meer und die wunderschöne *Summerwind*, die von der Sonne angestrahlt, sich in einem weißen Kontrast vom blauen Meer abhob.

Sie bestellten Rotwein und Pizza und sahen sich glücklich in die Augen. „Maria ist tiefschwarz und spricht perfekt Deutsch. Wo sie wohl herkommen mag?", dachte Marion laut. „Nun ist doch ein Kind an Bord, stört es dich?", sagte Klaus, anstatt ihre Frage zu beantworten. Marion strich sich eine Haarsträhne aus dem Gesicht und antwortete: „Nein, im Gegenteil, sie ist sehr süß." Als sie später mit dem Tenderboot zum Schiff zurückfuhren, hing jeder seinen Gedanken nach.

Marion legte sich nach der Ankunft auf das Bett. Sie war es nicht gewohnt, mittags Rotwein zu trinken. Klaus hatte Durst auf ein Bier und besuchte die Heck-Bar. Dort traf er auf Dr. Seiter. Klaus grüßte und nahm auf dem Nachbarhocker Platz. „Meine Frau hat heute neben ihrer Tochter im Tenderboot gesessen", eröffnete Klaus das Gespräch. Dr. Seiter lächelte und antwortete: „Ja, ich weiß, sie ist ein kommunikatives Mädchen und findet schnell Anschluss. Haben Sie auch Kinder?" Klaus verneinte und starrte in sein Bier. Dr. Seiter bemerkte seine Zurückhaltung und plauderte aber unbefangen weiter: „Maria kommt ursprünglich aus Afrika. Wir haben sie im Alter von einem halben Jahr adoptiert." Klaus schaute interessiert auf und Dr. Seiter erzählte weiter, dass er und seine Frau jahrelang versucht hatten, ein eigenes Kind zu bekommen und dass es nicht klappte. Schließlich hatten sie sich für eine Adoption entschieden, und endlich nach zwei Jahren waren alle Papiere fertig und die Behörden hatten grünes Licht gegeben. Bis nach Afrika waren sie gereist und in einem Kinderheim hatten sie Maria das erste Mal gesehen. „Wir haben sofort gewusst, das ist sie und sonst keine", lächelte der Doktor versonnen. Klaus nahm einen großen Schluck von seinem Bier und fragte: „Und es fühlt sich an, als ob es ihr Kind wäre?" „Natürlich", gab sein Gesprächspartner zurück, und in dem Moment kam Maria durch die Tür auf das Deck gelaufen und warf sich liebevoll in die Arme ihres Vaters.

Klaus verließ die beiden und spazierte über Deck. Nachdenklich schaute er zurück auf den Hafen von Portofino. Marion und er waren seit sieben Jahren verheiratet. Trotz alle Bemühungen waren sie kinderlos geblieben. In den letzten vier Jahren hatten sie drei künstliche Befruchtungen über sich ergehen lassen, die erfolglos geblieben waren. Besonders Marion litt unter dieser Sache. Sie zweifelte an sich als Frau. Dabei konnte sie nichts dafür. Marion erkrankte vor sechs Monaten an einem depressiven Syndrom und konnte ihren Beruf als Friseurin nicht mehr ausüben. Sowie eine Kundin mit Kind in das Geschäft kam, begann sie zu weinen. Ihr Frauenarzt hatte ein ernstes Gespräch mit Klaus geführt und zu einem Urlaub geraten, der auf jeden Fall mit einem Ortswechsel verbunden sein sollte. Klaus bester Freund besaß ein Reisebüro und er war derjenige, der dieses Schiff mit der romantischen Route zwischen Italien, dem guten Essen und dem kinderlosen Konzept entdeckt hatte. Und nun war Maria an Bord.

Über das Thema Adoption hatte Marions Frauenarzt sie nach dem ersten Versuch beraten, davon wollte Marion nichts wissen. Das sei so, als ob es doch nicht ihr Kind sei, hatte sie gemeint. Außerdem hätte das Kind dann ja keine Ähnlichkeit mit ihnen, und falls die leiblichen Eltern auftauchen würden, habe sie Angst, es wieder zu verlieren. Der Frauenarzt hatte versucht, die Rechte einer Adoption zu erklären, doch Marion war beharrlich bei ihrem „Nein“ geblieben.

Am nächsten Tag ankerte die „Summerwind“ vor Capri. Erneut wurde getendert. Klaus und Marion beschlossen, mit dem Taxi in die Oberstadt zu fahren. Leider ankerte außer ihrem Schiff noch ein großes amerikanisches Schiff vor Capri und so kam es, dass der Taxenstand verwaist war. Marion und Klaus blickten sich ratlos an, als plötzlich Dr. Seiter mit Maria erschien. Maria stürmte sofort auf Marion zu und erzählte, dass Papa ein altes Taxi gemietet hätte, und dass sie jetzt eine

Inseltour machen würden. Als Klaus sagte, dass sie hier auf ein Taxi warten müssten, lud Dr. Seiter die zwei spontan ein, sie zu begleiten. Maria jubelte und kurze Zeit später tauchte das Nostalgiefahrzeug am Hafen auf. Es war ein Fiat aus den Sechziger Jahren, der liebevoll zu einem Cabrio umgebaut worden war. Es wurde ein wundervoller Tag. Sie besuchten die ganze Insel und Maria wich Marion nicht von der Seite. Klaus beobachtete, wie seine Frau dies genoss. Als Marion mit Maria in der Oberstadt von Capri ein Eis kaufen ging, vertraute Klaus sich Dr. Seiter an. Dieser hatte längst die Situation erfühlt und gab Klaus den ärztlichen Rat, die Woche an Bord zu genießen und jetzt nicht mit Marion darüber zu sprechen. Dies sollte er erst später, nach der Heimkehr, tun.

Gemeinsam mit dem Arzt und Maria verlebten Klaus und Marion weitere traumhafte Tage an Bord des Schiffes. Auf Korsika verbrachten sie alleine mit Maria einen Tag an Land. Dr. Seiter hatte einen Notfall in seinem Hospital und war dort gebunden. Man hatte Adressen ausgetauscht, schließlich lebten alle in München, nicht weit voneinander entfernt. Als sie zusammen im Flieger in die Heimat saßen, Maria rechts neben Marion, schaute Klaus seine Frau von der Seite an und stellte fest, wie gut ihr diese Woche getan hatte. Sie sah jung, gebräunt, glücklich und kein bisschen traurig mehr aus.

Am Flughafen trennten sich ihre Wege zunächst. Von Maria hörten sie am nächsten Tag. Sie rief mit ihrer Mama an und lud die zwei für das kommende Wochenende zum Kuchenessen ein, sie feierte am Samstag ihren siebten Geburtstag. Lächelnd notierte Klaus den Termin in seinem Kalender. Als er später am Abend den PC in ihrem Büro einschalten wollte, um noch zu arbeiten, sah er, dass dieser bereits an war. Marion hatte ihn benutzt, und als der Bildschirmschoner verschwand, sah er eine von Marion aufgerufene Internetseite zum Thema Adoption. Er schaltete den PC aus, ging in den Keller und wählte einen guten Rotwein aus. Mit zwei gefüllten Gläsern erschien er bei Marion, die es sich auf der Couch im Wohnzimmer gemütlich gemacht hatte.

Korkenpost

Lieber Leser,

hast Du schon mal eine Flaschenpost verschickt? Du schüttelst den Kopf? Vielleicht erinnerst Du Dich nur nicht mehr daran. Ich werde Dir auf die Sprünge helfen: Hast Du in Deiner Jugend an einem Weiher gespielt? Aus Holz kleine Boote gefertigt und mit Blättern Segel gesetzt ... und dann? Richtig, Du hast eine alte Flasche gefunden, ein zufällig entdecktes Papier bekritzelt, es zusammengefaltet, in die Flasche gesteckt und nach einem Verschluss Ausschau gehalten. Idealerweise fandest Du einen weggeworfener Korken. Aha! Du erinnerst Dich also ... Und dann hast Du hast Dir vorgestellt, dass Deine Botschaft, in den Weiher einer Au geworfen, im fernen New York an die Küste gespült, gefunden würde.

Oder hast Du bei meinen ersten Zeilen zustimmend genickt? Vielleicht bist Du bist auf einem Schiff gewesen und hast eine sorgsam verkorkte Flasche in eines der sieben Weltmeere befördert. Dabei warst Du hoffentlich nicht in Seenot, denn glaubt man dem Volksmund, baten Schiffsbrüchige so um Rettung. In der Geschichte der Flaschenpost waren es Auswanderer, die diese über Bord warfen und hofften, jemand würde sie finden und an die Lieben daheim weitersenden. Wusstest Du, dass im Guinnessbuch der Rekorde eine Flasche erwähnt wird, die 1993 bei Hennef in die Sieg geworfen und 1996 in Falmouth, Maine gefunden wurde? Ach, Du hast „Maine" kurz „gegoogelt"? Stimmt, Maine ist der östlichste Bundesstaat der USA. Der Weihertraum von damals war nicht unrealistisch, oder? Was mich an dieser

„Flaschenpostglorifizierung“ jedoch erbost, ist die Tatsache, dass die Flasche im Mittelpunkt steht. Was lässt sie nach drei Jahren unversehrt und die Nachricht im Inneren lesbar, von Deutschland aus im fernen Amerika ankommen? Der *Korken*. Um diesen geht es mir. Gemäß Wikipedia, jetzt habe ich mal für Dich „gegoogelt“, um Dir die genaue Definition übermitteln zu können, ist ein Korken ein elastischer, wasser- und gasdichter Flaschenverschluss. Hergestellt aus der Rinde der Korkeiche, die im mediterranen Raum verbreitet ist. Mit Druck in den Flaschenhals gepresst, verschließt er seinen Inhalt luftdicht, weil er sich danach ausdehnt. So weit zu den Fakten. Nun hast Du heute viel Neues erfahren.

Aber, Du hast dieses Buch gekauft, weil Du gern Geschichten von Kreuzfahrtschiffen liest. Daher werde ich Dir jetzt berichten, wie es einem Korken auf Kreuzfahrt ergeht.

Tief im Bauch des Schiffs lagern die Korken auf den Weinflaschen und warten wochenlang auf ihren Einsatz. Der Proviantmeister schaut täglich in dem großen Kühlraum vorbei und stellt zusammen, was der Sommelier ihm aufträgt. Dann werden die ausgewählten Flaschen von ihm mittels eines Lastenaufzugs heraufgefahren und auf die unterschiedlichsten Restaurants verteilt. Jetzt heißt es wieder warten, bis ein Gast die betreffende Flasche bestellt. Diese wird rechtzeitig aus der Kühlung genommen und erreicht wohltemperiert den Speisesaal. Die Weinkellnerin präsentiert am Tisch die Flasche. Der Gast hat zunächst die Flasche im Blick, aber wenn sie den Korkenzieher geübt und lächelnd weit in das Innere dreht, um diesen mit einem Ruck hinauszuziehen und ein „Plopp“ den Saal durchdringt, hat für ein paar Minuten der Korken alle

Aufmerksamkeit. Zumeist riecht die Weinkellnerin an dem Korken, entfernt den schmerzhaften Korkenzieher aus seinem Leib und platziert ihn auf einem kleinen Tellerchen. Dann geht der Korken wieder in seine übliche B-Rolle.

Der Gast bekommt einen kleinen Tropfen des kostbaren Weins eingeschenkt und darf probieren. Und was soll er kosten? Es geht nicht um den Geschmack des Weins, den kennen viele Kreuzfahrer bei der reichhaltigen Auswahl nicht. Es geht einzig und alleine darum, ob der Wein korkig schmeckt! Der Rest ist der Kellnerin egal ... Läuft alles glatt, hat der auf dem Teller liegende Korken seine Ruhe, aber wehe, es kommt anders. Wenn der Gast sagt: „Entschuldigung, der Wein schmeckt nach Korken", verzieht die Kellnerin ihr hübsches Gesicht, wirft einen strafenden Blick auf den armen Korken und entfernt zügig die Flasche sowie das Tellerchen mit dem Schuldigen. In der Küche angekommen, landet der Korken im Müll und damit ist sein Schicksal besiegelt. Lieber Leser, lass dir sagen, dass in der Küche dieser „korkige" Wein nochmals probiert wird. Stellt man fest, dass er nicht korkig ist, was ab und an vorkommt, wandert er in die Crewbar und wartet auf die nächste Party. Als Verschluss dient ein „Kollege" aus Plastik als Ersatz. Stimmt der Gast mit einem großzügigen Nicken dem Wein zu, hat der Korken einen Logenplatz auf dem Tisch für die Dinner-Zeit. Oft findet diese Korkenzeremonie auf klassischen, kleineren Schiffen statt. Oder in erlesenen Restaurants auf großen Kreuzfahrern. Dann sitzen zumeist Paare am Tisch. Mancher Korken ist schon vor dem Hauptgang eingeschlafen, da keine Gespräche bei Tisch stattfanden. Das Extremste, von dem ich hörte, war ein Paar, welches auf Silberhochzeitsreise war und während eines Zwölf-Gänge-

Dinners von stolzen vier Stunden nicht ein Wort wechselte. Woran liegt das? Die Paare machen eine teure Traumreise, aber jeder träumt seinen Traum! Eines kann ich Dir versichern: Kein Korken hat Freude, nach der strengen Prüfung, an dem Schweigen am Tisch. Der Korken, der wochenlang auf seinen Einsatz wartete, mag Unterhaltung. Oft passiert es, dass einer der Tafelnden vor lauter Langeweile beginnt mit ihm zu spielen. Der Korken wird befühlt, gedrückt, gestupst. Das hat er nicht verdient!

Verlassen wir das schicke Abendessen. Wenn sich die Herrschaften von der Tafel erhoben haben, was wird aus dem Korken, der noch artig auf dem Tellerchen liegt? Idealerweise wird er in einen Glasbehälter hinter den Tresen geworfen. Dann hat er Glück gehabt. Er trifft nicht nur zahlreiche Freunde aus dem Keller, sondern dient an den nächsten Abenden als Tischdekoration auf dem Buffet. Hat er Pech, landet er im Müll und das gleiche Schicksal steht ihm bevor, als ob er den schönen Wein verkorkt hätte. Traurig und ungerecht, oder? Und bedenke, womöglich langweilte er sich bei seinem großen Einsatz am Tisch. Unfassbar. Ich fühle deutlich, langsam verstehst Du, was ein Korken durchmachen muss. Er leidet wirklich unter der Dominanz der Flasche und sein Schicksal wurde bisher verdrängt.

Was passiert mit dem Korken, der als Tischdekoration am nächsten Tag zum Einsatz kommt? Nun, er kann den Himmel auf Erden erfahren. Ich weiß zum Beispiel von einem Korken zu berichten, der auf der legendären *MS Deutschland*, ja richtig, dem Traumschiff, als Deko auf dem Buffet des Lido-Gourmets auslag. Zuvor verbrachte er einen unterhaltsamen Abend an einem Tisch, mit einem netten, gesprächigen Paar um die vierzig, die den Geburtstag der Ehefrau mit einem guten Shiraz und viel Genuss feierten. Nicht nur, dass es spannend war, den zweien und ihren diversen Kreuzfahrterlebnissen, die unweigerlich Thema an diesem Abend waren, zuzuhören. Nein, sogar die Chefstewardess, nebst Musiker und Maître, kam vorbei. Sie sangen der Frau ein Geburtstagsständchen. Das war Unterhaltung! Den Sonnenuntergang vor Korsika gab es gratis dazu. Am nächsten Tag entdeckte einer der jüngsten Passagiere sein Herz für den Korken. Der kleine Paul, der im Lido deutlich weniger Gänge als seine Eltern verspeiste, kreiste wohlerzogen im Speisesaal herum, natürlich ohne die anderen Gäste zu belästigen. Dann entdeckte er besagten Korken und spielte eine Weile mit ihm auf dem Buffet, direkt neben der großen Suppenterrine. Da näherte sich die Chef-Stewardess der *Deutschland*. „Na, Paul“, sagte sie, indem sie ihm sanft über den Kopf strich, „magst Du den Korken gern leiden?“ Paul nickte eifrig. Dann darfst du ihn mit nach Hause nehmen“, sagte sie augenzwinkernd. Das ließ Paul sich nicht zweimal sagen, schwups, schon hatte er den Korken in seiner rechten Hosentasche versenkt.

Heute wohnt der Korken in der Nähe von Castrop-Rauxel in einem schicken Einfamilienhaus auf Pauls Bord im Kinderzimmer. Oft zeigt er ihn stolz den anderen Kindern, die zum Spielen vorbeikommen. Für Paul verkörpert er die schönen Erinnerungen an seine Traumkreuzfahrt auf der *Deutschland*. Und natürlich ist es etwas Besonderes, ein „Geschenk“ von der Chefstewardess zu erhalten.

Lieber Leser,

Du hast geduldig meinen Brief gelesen. Ich fühle, dass Du nun die Rolle des Korkens verstanden hast. Wenn Du das nächste Mal auf einer Kreuzfahrt eine Flasche Wein orderst, wird Dein besonderes Augenmerk auf dem Korken liegen, da bin ich sicher. Nun verschließe diese Flaschenpost wieder sorgsam mit mir und werfe sie ins Meer oder eben in den Weiher. Nur so wird sich meine Botschaft langsam, aber stetig um die Welt verbreiten.

Herzlichst,

Dein Korken

Im Fluss des Lebens

Ina schaute gedankenverloren aus dem Zugfenster. Sie dachte an Rolf und an ihre Trennung. Noch immer konnte sie seine Entscheidung nicht verstehen. Glückliche fünf Jahre lagen hinter ihnen. Sie hielt ihn für den Mann ihres Lebens. Auf einmal war alles aus. Als sie begonnen hatte, ganz vorsichtig natürlich, über das Thema Hochzeit zu sprechen, schien bei ihm eine Sicherung durchgebrannt zu sein. Gestern war er endgültig aus der gemeinsamen Wohnung ausgezogen. Er hinterließ weder eine Adresse, noch hatte er mit ihr über die offene finanzielle Abwicklung ihrer gemeinsamen Eigentumswohnung gesprochen.

Eine hohe, schrille Stimme beförderte Ina in die Wirklichkeit zurück. „Inaaa", rief die Stimme energisch. „Inaaa, in den Kabinen wird doch ein Föhn sein?" Ina wandte sich vom Fenster ab, stand auf und ging ein paar Schritte im Großraumwagen des ICEs. Ina reiste zu einer betreuten Gruppenreise ihres Reisebüros nach Wien. Mit insgesamt zwanzig Personen würde sie ab Passau die nächsten vier Tage auf der schönen Donau mit einem Flusskreuzfahrtschiff unterwegs sein. An ihrem Heimatort Hannover stiegen mit ihr zehn Personen der Gruppe ein, der Rest reiste individuell nach Passau. Mit den Landfrauen, die gerade so verzweifelt nach ihr riefen, war sie schon oft unterwegs, und daher wusste sie, dass diese eine besondere Betreuung benötigten. Die vier mitreisenden Frauen hatten sich gleich nach Abfahrt des ICEs in Hannover häuslich im Zug eingerichtet. Sekt stand auf dem Tisch und jede von ihnen hatte eine Köstlichkeit für diese lange Anreise von fünf Stunden vorbereitet.

Als Ina näher kam, sah sie den Tisch gefüllt mit kleinen Frikadellen, Kartoffelsalat, selbst gebackenem Brot und vielen anderen Dingen. „Ina, iss etwas, du siehst heute ohnehin elend aus", sagte Rita, eine der Landfrauen forsch und hielt ihr die Schüssel mit den Frikadellen unter die Nase. „Ja, eben", kreischte Ute, „oder trink einen Sekt mit uns!" Die Probleme mit dem Föhn schienen vergessen. Ina lehnte höflich, aber bestimmt die Köstlichkeiten ab und versicherte gleichzeitig, dass in jeder Kabine ein Föhn vorhanden sei.

Erwartungsvoll kauend sahen die Landfrauen Ina an. Sie warteten auf weiteres Entertainment. Doch sie kamen nicht auf ihre Kosten. Der Zug hielt in Göttingen. Ina erwartete den Zustieg weiterer Mitreisender. Sie entschuldigte sich bei den Landfrauen und eilte der Zugtür entgegen. Ein rüstiger Herr, um die siebzig Jahre alt, stieg mit einem großen Koffer ein. Ina ging auf ihn zu und fragte, ob er zur „Donaugruppe" gehöre. Er nickte und strahlte sie begeistert an. „Hans Meyer, mein Name", stellte er sich vor. Ina lächelte und sah auf ihre Liste. „Sind Sie allein? Wo ist denn ihre Frau?", wollte sie wissen. „Oh", entgegnete er, „sie steigt doch erst in Kassel ein, haben Sie das nicht auf ihrer Liste vermerkt?" Ina schaute nach und sagte: „Stimmt." „Sie hat noch den Sohn vorher besucht", fügte er hinzu. Ina zeigte ihm seinen Platz, der schräg gegenüber von den Landfrauen war, die den Neuzugang eifrig beobachteten. Als der Zug in Kassel einfuhr, lief Herr Meyer erstaunlich schnell für sein Alter zur Tür, und als seine Frau einstieg, umarmten die zwei sich, als hätten sie sich Ewigkeiten nicht gesehen. Ina beobachtete die Szene, ebenso wie die anderen Frauen, und seufzte leise. *So viel Liebe nach so vielen Jahren,* dachte sie neidisch. „Gibt noch glückliche Ehen", kommentierte Rita prompt. Den Rest ihrer Ausführungen bekam Ina nicht mehr mit, denn Herr Meyer stellte ihr nun seine Frau vor. Sie war in seinem Alter und trotz der Jahre noch sehr schön. Kaum eine Falte zierte ihr Gesicht, was auf ein sorgenfreies Leben schließen ließ. Unterdessen setzte der ICE seine Fahrt gen Süden fort.

Sie erreichten den Bahnhof von Passau planmäßig. Der Transfer zum Schiff verlief reibungslos. Der Kabinen-Check-in hatte begonnen und alle waren beschäftigt. Ina richtete sich ebenfalls in ihrer Kabine ein. Diese hatte ein großes Bullauge, und wenn Ina hinaussah, war sie auf einer Linie mit dem Wasserstand der Donau. „Wenn ich jetzt den Mund aufmachen würde, könnte ich das Wasser trinken", schmunzelte sie. Sie musste sich beeilen, in fünf Minuten begann das erste offizielle Gruppentreffen mit allen in der Lounge. Als sie dort eintraf, saßen schon alle Gruppenmitglieder erwartungsvoll da. Sie bestellte Sekt für alle beim Steward und sortierte ihre Reiseunterlagen. Die Landfrauen, sichtlich angeheitert nach der Zugfahrt, kicherten albern und tuschelten über den smarten Kellner. Ina sah das Ehepaar Meyer Händchen haltend da sitzen. Er gab ihr gerade einen langen Handkuss und sie strahlte.

Ina begrüßte die Gruppe offiziell und erklärte den Ablauf der nächsten Reisetage. Es gab ein paar Gruppentreffen, gemeinsame Ausflüge, aber jeder hatte auch Zeit für sich. „Inaaa, beim Essen sitzen wir doch zusammen", rief Ute bestimmt. Ina nickte und versprach für die Gruppe zu jeder Essenszeit zusammenhängende Tische im hinteren Teil des Restaurants zu reservieren.

Da meldete sich Herr Meyer zu Wort: „Seien Sie uns nicht böse, Ina, aber wir zwei essen lieber alleine." Die Landfrauen warfen verächtliche Blicke gen Ehepaar Meyer. „Natürlich", sagte Ina, „jeder kann das für sich entscheiden. Ich reserviere aber für alle Fälle mal Tische." Die Landfrauen applaudierten begeistert.

Ein Brummen und Vibrieren ging plötzlich durch das Schiff. Schnell tranken alle aus und stürmten gen Oberdeck, das Ablegen wollte keiner verpassen. Ina orderte beim Steward noch schnell die Tische und begab sich danach auf das Oberdeck. Das Schiff hatte sich von der Pier gelöst und die Stadt Passau begann sich langsam zu entfernen. Sie würden eine Nacht fahren, morgen früh die schöne Wachau passieren und gegen 13 Uhr Wien erreichen. Dort würden sie über Nacht liegen und ein Gruppenausflug, den Ina in Form einer Stadtführung geplant hatte, stand auf dem Programm. Auf dem Oberdeck entdeckte Ina das Ehepaar Meyer vorn am Bug. Er hielt sie innig in seinen Armen. Das erinnerte Ina stark an die Titanic-Szene. Die Landfrauen, die sich wie immer zu ihr gesellten, dachten anscheinend das Gleiche, denn Rosi, die dritte im Bunde, kreischte ausgelassen: „Hoffentlich sinken wir heute Nacht nicht." Die Frauen wollten sich daraufhin nicht mehr einkriegen vor Lachen und erst ein resolutes „Pssst" von Ina brachte sie vorübergehend zur Ruhe. Inas Gedanken jedoch gingen zu Rolf.

Der erste Abend an Bord verlief ruhig. Nach einem gemeinsamen Abendessen ohne das Ehepaar Meyer zogen sich die Gruppenteilnehmer, die überwiegend aus Paaren zwischen vierzig und sechzig Jahren bestanden, nach dem langen Anreisetag früh in ihre Kabinen zurück. Selbst die Landfrauen waren müde und außergewöhnlich ruhig. Als Ina gegen 22 Uhr in ihrem Bett lag, dachte sie wieder an Rolf. Sie schaute auf ihr Handy, doch es gab keine Nachrichten zu lesen. Sie schlief weinend ein. Am nächsten Tag strahlte die Sonne vom Himmel und für die Jahreszeit war es warm. Ina joggte ein paar Runden an Deck und ging danach zum Frühstück. Sie fühlte sich nach wie vor traurig, schaffte es aber beim Anblick ihrer Gruppe diese Gefühle zu verbergen. Aufgrund des guten Wetters und der traumhaften Fahrt durch die Wachau hielt es niemand lange unter Deck. Alle fanden sich auf dem Oberdeck wieder, lagen relaxt in den Liegestühlen oder standen paarweise an der Reling. Die Landfrauen hatten einen Tisch ergattert, orderten Sekt und spielten Rommé Cup. Ina war froh, dass sie sich beschäftigten. Sie schlenderte über Deck, blieb hier und da zu einem kleinen Plausch bei den Mitfahrern der Gruppe stehen. Ehepaar Meyer fand sie erneut am Bug des Schiffes. Wieder hielten sie Händchen und waren in sich versunken. Da mochte Ina nicht stören.

Nach dem Mittagessen legten sie in Wien an und Ina begann ihre Stadtführung. Sie starteten an der eleganten Kärtnerstraße, bewunderten die Ankeruhr am Hohen Markt, besichtigten den Stephansdom und wandelten auf kaiserlichen Spuren in der Hofburg. Die Gruppe folgte Ina brav, doch als sie zum Heurigen in den Zwölf-Apostelkeller einlud, machte sich eine große Erleichterung breit. Es war ungewöhnlich warm und der Rundgang der letzten drei Stunden hatte einige sehr angestrengt. Herr Meyer entschuldigte sich bei Ina. Er müsse seiner Frau noch einen Traum erfüllen: Fiaker wollte sie mit ihm fahren.

Ina lächelte verständnisvoll und blickte den zweien nach, wie sie Arm in Arm begeistert auf die Kutsche zuliefen. Nach dem Heurigen hatte die Gruppe „Freigang“. Ina fuhr alleine mit dem Taxi zum Prater und unternahm eine Tour mit dem Riesenrad. Am Abend erschienen nur wenige Gruppenmitglieder zum Abendessen an Bord. Die meisten nutzen den Abend in der Stadt aus, auch die Landfrauen, die zu einem weiteren Heurigen nach Grinzing gefahren waren. Als Ina aus dem Bullauge schaute, sah sie die drei leicht torkelnd und kichernd aus einem Taxi steigen und gen Schiff wanken.

Am nächsten Tag traf Ina ebenfalls kaum Gruppenmitglieder beim Frühstück. Sie beschloss, einen Wellnesstag für sich einzulegen, da ihre Unterhaltung heute nicht gebraucht wurde. Sie gönnte sich im Spa-Bereich des Schiffes eine Massage. Danach machte sie ein paar Saunagänge, relaxte im Whirlpool und sonnte sich auf einer Liege, mit dem neusten Buch von Brina Stein in der Hand. Den ganzen Tag kreisten ihre Gedanken abwechselnd um Rolf und um das Ehepaar Meyer. Am liebsten wollte sie das Paar fragen, was ihr Rezept für eine so lange Liebe war, doch sie traute sich nicht. Am späten Nachmittag erschien Landfrau Rosi auf dem Wellness-Deck. Sie schwärmte von der Stadt Wien, dem Heurigen und der eben erhaltenen Gesichtsmassage. „Die Meyers sind ein Ehepaar, oder Ina?“, fragte Rosi mit harmloser Stimme. Ina bejahte. „Warum“, fuhr Rosi fort, „schreibt er sich mit ‚ey‘ und sie mit ‚ei‘?“ Wie vom Blitz getroffen fuhr Ina hoch. „Was?“, rief sie erstaunt aus. „Woher weißt du das?“ „Na, ja“, Rosi wand sich ein wenig, aber nicht wirklich verlegen, „uns ist aufgefallen, dass sie getrennt zahlen und heute Mittag haben wir gewartet, bis sie das Restaurant verlassen haben, um auf die Bons zu schauen. Da standen die unterschiedlichen Schreibweisen." Ina ließ sich wieder in den Stuhl zurücksinken: „Rosi, das ist ihre Privatsache." „Jaja, ich wollte es nur erwähnen", gab Rosi leicht beleidigt zurück. Ina verstand die Welt nicht mehr, ließ sich das aber Rosi gegenüber nicht anmerken.

Am Abend, als das Schiff Wien verließ, sah sie die Meyers nicht mehr. Dafür hatten die Landfrauen sie nach dem Abendessen in die Lounge gebeten, sie waren in Feierlaune. Ina musste mit ihnen zur Musik eines Allleinunterhalters tanzen. Ihr Lieblingsgesprächsthema waren die Meyers. Die Mutmaßungen, warum und wieso diese unterschiedlichen Schreibweisen existierten, wurden im Verlauf des Abends immer abenteuerlicher. Ina hielt sich heraus, hätte dennoch zu gern Genaueres gewusst. Gegen 1 Uhr hatten die Landfrauen genug getrunken und getanzt. Ina konnte zu Bett gehen. Sie schlief sofort ein.

Am Morgen kamen die Landfrauen erst in letzter Minute zum Frühstück, die Nacht verlangte ihren Preis. Erneut war schönstes Frühsommerwetter und Ina genoss mit ihrer Gruppe die ruhige Fahrt über die Donau. Sie sah die Meyers weiter vorne in Liegestühlen entspannt plaudern. An der Rezeption hatte sie sich überzeugt, dass es sich tatsächlich um unterschiedliche Schreibweisen bei den Nachnamen handelte. Ina hatte es aber niemand gesagt. Gegen Mittag legten sie in Linz an. Ina fuhr per Seilbahn mit der Gruppe auf den Pöstlingberg. Bevor sie sich alle gemeinsam auf der Terrasse des Schlosses zu Kaffee und Kuchen trafen, spazierte man grüppchenweise auf dem Berg. Ina hatte die Landfrauen im Schlepptau. Als sie kurz auf einer Bank ausruhten, die eine grandiose Aussicht über das ganze Tal bot, verkündete Rita mit verschwörerischem Unterton: „Ich weiß was." „Na", Rosi und Ute hingen wie gebannt an ihren Lippen. Wichtig fuhr sie fort: „Herr Meyer hat heute Morgen hinten an der Heck-Bar telefoniert." „Mit wem, was hat er gesagt?", fragte Rosi gierig. Rita ließ es sich nicht nehmen, haarklein zu berichten, dass sie deutlich vom Oberdeck belauscht hatte, dass Herr Meyer seinem Gesprächspartner von einer Theaterreise berichtet hatte, an der er gerade teilnehme, und dass es in Budapest heute verregnet sei. Die restlichen Landfrauen waren nun nicht mehr zu bremsen. Die Meyers hatten sich heute Morgen für den Ausflug abgemeldet und dies bot Raum für weitere Spekulationen.

Als sie alle nach der Kaffeetafel auf das Schiff zurückgekehrt waren, fand Ina überraschenderweise Herrn Meyer alleine in einem Deck-Stuhl sitzend vor. Ina fasste sich ein Herz und setzte sich zu ihm. Er sah traurig aus. „Ist alles in Ordnung, Herr Meyer?", wollte Ina wissen. „Ach Ina, danke. Gut, dass Sie kommen, ich wollte Sie ohnehin informieren, dass Frau Meier heute Morgen ausgestiegen ist." Ina rückte ihren Stuhl nah an seinen heran und spitze gespannt die Ohren.

Was sie erfuhr, beschäftigte sie später noch wochenlang. Hans Meyer und Inge Meier hatten sich vor über fünfzig Jahren in Wien kennengelernt. Inge, die damals noch nicht Meier hieß, war dort mit ihren Eltern im Urlaub gewesen. Hans versuchte sich an einer Schauspielkarriere am Theater. Inge kam aus sehr reichem Hause einer Kasseler Familie und ein Schauspieler war in den Augen ihrer Eltern nicht standesgemäß. Als sie Wien nach zwei Wochen verließ, hatten sie sich bis über beide

Ohren verliebt. Heimlich schrieben sie sich Briefe. Ein Jahr später musste Inge auf Drängen ihres Vaters einen anderen Mann heiraten. Dieser hieß Meier. Der Kontakt riss trotzdem nicht ab, und als Hans ein Engagement am Göttinger Theater angeboten bekam, griff er sofort zu. Sie trafen sich heimlich so oft es ging. Irgendwann heiratete auch er. Die Frau, die er gefunden hatte, war der beste Ersatz, wie er zu sich und auch zu Inge sagte. Inge bekam Kinder, Hans wurde ebenfalls Vater und sie vereinbarten, sich einmal jährlich zu sehen und eine Reise gemeinsam zu machen.

In diesen Tagen träumten sie von der gemeinsamen Zukunft, die eines Tages vielleicht möglich wäre. Darüber vergingen die Jahre. Sie waren beide längst Großeltern, und noch immer liebten und trafen sie sich. Immer einmal im Jahr. In diesem Jahr waren sie zu ihrem Jubiläum in die Stadt gefahren, in der alles angefangen hatte. Am Mittag nach der Ankunft in Linz hatte Inge einen Telefonanruf ihres Sohnes erhalten. Inges Mann läge auf der Intensivstation und es sähe nicht gut aus. Daraufhin hatte sie den nächsten Zug in Richtung Norden genommen und Hans war allein zurückgeblieben. Am meisten hatte Ina der letzte Satz von Herrn Meyer überrascht. Er sagte: „Ich hoffe sehr, dass Inges Mann nichts Schlimmes passiert ist. Er ist mir über die Jahre durch die zahlreichen Erzählungen ans Herz gewachsen."

Am nächsten Abend, nach ihrer Rückkehr in die einsame Eigentumswohnung in Hannover, wählte Ina Rolfs Handynummer. Sie wollte die letzten Details ihrer Trennung klären.

Ich packe meinen Koffer

Wer kennt es nicht? Als harmloses Kinderspiel im Ursprung wurde es in den letzten Jahren ausgeweitet zu einem Party- und Trinkspiel. Dabei geht es stets um die Frage, was man in den Koffer packt. Doch wer hat bisher darüber nachgedacht, dass unglaubliche Dinge passieren können, wenn man seinen Koffer auspackt?

Ich kann dazu eine Geschichte erzählen, bin ich doch ein vornehmer Louis-Vuitton-Koffer. Mein Firmengründer war exklusiver Kofferpacker am Hofe von Napoleon dem III. und eröffnete 1854 mit dreiunddreißig Jahren sein erstes Geschäft in Paris mit stapelbaren Koffern. Das war damals eine Weltneuheit. Inzwischen gibt es weltweit über tausend Louis-Vuitton-Geschäfte. Ich wurde zum Beispiel vor fünfzehn Jahren in Dubai gekauft, aber das spielt eigentlich keine Rolle, und Werbung habe ich nun genug gemacht. Es soll bloß zeigen, dass ich einige Jahre und auf vielen Reisen meine Herrschaften begleitet habe.

Sie sind ein normales Paar, beide Ende vierzig. Sie sieht jünger aus, Botox macht vieles möglich. Geheiratet haben sie vor zwanzig Jahren. Da sie Karrieremenschen sind, ist ihre Ehe kinderlos geblieben. Er ist erfolgreich in der IT-Branche und fliegt um die Welt, sie ist eine berühmte Kinderbuchautorin. Da sie vier Schwestern hat, die alle mit reichem Kindersegen beschenkt worden sind, mangelt es nicht an Recherchemöglichkeiten. Aber jetzt zu der Geschichte, was passieren kann, wenn man seinen Koffer auspackt.

Meine Besitzer sind auf dem wenig spektakulären Flughafen von Rom gelandet. Sie wollen von dort zu einer zwölftägigen Kreuzfahrt rund um den italienischen Stiefel aufbrechen, die in Venedig enden soll. Als geübte Kreuzfahrer kennen sie die Abläufe, doch heute stehen sie am Kofferband und ich komme und komme nicht angefahren. Kein Wunder, der italienische Koffersortierer hat mich aus Versehen auf das Laufband von München anstatt von Frankfurt geworfen. So fahre ich zwar mehrfach am Kofferband nebenan vorbei, aber die zwei starren wie gebannt auf das „Frankfurter". Frustriert verlassen sie die Halle, als kein Gepäckstück mehr kommt. Sie ist besonders genervt, enthalte ich neben ihrem Abendkleid wichtige Kosmetika. Schlussendlich gehen sie nach über zwei Stunden Wartezeit aus dem Flughafengebäude. Der letzte Transferbus steht gerade noch bereit für die vierzigminütige Fahrt zum Hafen von Civitaveccia. Nachdem alle Münchner ihr Gepäck mitgenommen haben, fahre ich einsam im Kreis herum. Der italienische Koffersortierer erblickt mich, schaut auf mein Schild und wirft mich in einen Warteraum. Es ist inzwischen 22 Uhr, heute geht hier nichts mehr. Ich übernachte in einem spärlich möblierten Raum mit einigen Billigkoffern. Am nächsten Morgen werde ich früh um 6 Uhr auf einen LKW verladen und Richtung Hafen gefahren. Als der Steward um 7 Uhr an der Kabinentür klopft und mich bringt, ist sie allein in der Kabine. Überglücklich strahlt sie mich an. Was für ein Glück, dass das Schiff erst heute Morgen ausläuft.

Liebevoll streichelt sie mich kurz und macht sich am Kofferschloss zu schaffen. *Wo ist er hin, morgens um 7 Uhr, wenn die Welt angeblich noch in Ordnung ist?*, denke ich. Das Schloss klemmt, sie flucht wenig damenhaft vor sich hin.

Schließlich lässt es sich öffnen. Sie entfernt mit einem Ruck den Kofferanhänger aus Papier von der Fluggesellschaft. Dies hat zur Folge, dass mein edler Kofferhänger aus Leder aufklappt, der normalerweise mit einem Druckknopf verschlossen ist. Ihr Blick fällt auf das Innenleben meines Anhängers. Sie entdeckt, dass jemand einen beschriebenen Aufkleber auf die Plastikfolie geklebt hat, unter der ordentlich die Namen ihrem Mann und ihr nebst Adresse eingedruckt sind. Sie liest auf dem Aufkleber den Namen von ihm und dahinter den Namen „Thomas Thorn". „Wer ist das?", fragt sie laut und schaut ungläubig drein, zumal die Namen mit dem &-Zeichen verbunden sind und sie die Handschrift ihres Mannes erkennt.

Ich kann ihr das nicht beantworten, da ich ein Koffer bin und nicht mit Menschen sprechen kann. Eins kann ich jedoch verraten: Thomas Thorn ist schwul. Während ich euch das gerade anvertraue, überlegt sie noch, ob sie den Namen nicht doch irgendwoher kennt. Nach einigen Minuten ist sie sicher. Sie kennt den Namen nicht. Sie beginnt zu überlegen, wann ich das letzte Mal im Einsatz war. „Vor sechs Wochen, da ist er geschäftlich nach Thailand geflogen", sagt sie zu sich selbst. *Bingo*, denke ich. Während ich armer Koffer zehn Stunden im Frachtraum verbrachte, thronte er mit Thomas Thron, äh Thorn, in der Business-Class bei Speis und Trank. Von dem Sechs-Sterne-Hotel in Singapur konnte man nur träumen, und obwohl ich lieb und brav auf meiner Kofferablage im Vorzimmer der Suite lag, checkte ich, was da drinnen vor sich ging. Er war das erste Mal mit einem Mann unterwegs.

Die Kabinentür wird aufgerissen und er kommt herein. Sie sitzt noch auf dem Bett und grübelt. Sie denkt vielleicht an das letzte halbe Jahr, in dem er öfter als gewohnt auf Reisen war. Oft wusste sie aufgrund ihrer eigenen intensiven Arbeit nicht mehr, wo er war und warum. „Was hast du so lange an Deck gemacht?“, fragt sie argwöhnisch und betrachtet ihn intensiv. „Telefoniert, gehen wir zum Frühstück?“, antwortet er kurz. „Mit wem?“, hakt sie nach. Er zieht entnervt die Augenbrauen hoch: „Mit der Firma, Schatz, mit wem sonst. Ach, der Koffer ist da.“ „Ja, ist er“, bestätigt sie und das Ehepaar verlässt gemeinsam die Kabine.

Ich liege derweil weiter unausgepackt auf dem Bett und mache mir Sorgen. Ich ahnte, dass sie es herausbekommen wird. Die Sache ist delikat, da es sich um Betrug handelt. Dieser Vorzeige- und seit zwanzig Jahren „treue“ Ehemann hat seine Frau hintergangen. Und das mit einem Mann! Wenn ich noch an diesen intensiven Abschiedskuss vor dem Flughafen bei der Rückkehr denke! Alle Leute in der Umgebung haben geschaut. Und sie sahen beide verliebt aus.

Angstvoll warte ich ab, was als Nächstes passiert. Nach dem Frühstück kehren die zwei grundsätzlich erst einmal in die Kabine zurück. Eine Zigarette auf dem Balkon, der übliche Gang zur Toilette. Heute muss ich lange warten, das Schiff läuft gegen 10 Uhr morgens aus und das Ablegen verfolgt das Paar immer vom höchsten Deck aus.

Die Kabinentür öffnet sich erst gegen 11 Uhr. Sie kommen herein, er nimmt auf dem Balkon Platz, sie beginnt mich auszupacken, nicht ohne zuvor nochmals auf den Anhänger zu schauen und den Kopf zu schütteln. Die Stimmung zwischen ihnen ist frostig. Sie redet entgegen ihrer normalen Art kaum ein Wort und sieht für einen ersten Urlaubstag an Bord traurig aus. Er schaut auf das sich öffnende Mittelmeer, raucht gedankenversunken eine Zigarette und liest das Bordprogramm für den heutigen Tag. Endlich bin ich entpackt und darf unter dem Bett verschwinden. Sie setzt sich ihm gegenüber auf den Balkon und greift nach einer Zigarette. Er scheint mit den Gedanken weit weg zu sein, denn er gibt ihr nicht wie gewohnt Feuer. „Der Koffer hat eine tiefe Schramme“, beginnt sie das Gespräch und entzündet selbst die Zigarette. Am liebsten würde ich entrüstet unter dem Bett hervorschreien, denn das stimmt ja nicht. „Hattest du ihn nicht in Thailand dabei?“, fragt sie geschickt nach. Ich halte die Luft an und warte gespannt auf seine Antwort. Er legt das Bordprogramm auf den Tisch, schaut wieder auf das Meer, anstatt sie anzusehen. „Ja“, stimmt er zu, „aber das wäre dir beim Auspacken doch gleich aufgefallen. Der Kratzer muss erst auf dieser Reise entstanden sein.“ „Richtig“, antwortet sie gedehnt, aber mit wackeliger Stimme: „Der Riss ist heute entstanden.“ Dabei schaut sie ihn unverwandt an. Da ich sie seit Jahren kenne, ahne ich, dass sie an die vielen gemeinsamen Jahre denkt, an der sie an der Seite dieses Mannes unbeschwert gelebt hat. Sie hat den Betrug erkannt. Für sie muss es unendlich schlimmer sein, dass es sich anstatt einer jungen Frau, das übliche Klischee und der Gesellschaft erklärbar, um einen Mann handelt. Sicher denkt sie über das „Warum“ nach und überlegt, woran sie die Affäre hätte bemerken müssen. Er steht auf und geht wortlos in Richtung Toilette.

Sie nimmt das Bordprogramm zur Hand. Auf der zweiten Seite wird die Besatzung des Schiffes vorgestellt. Ein Name fällt ihr sofort auf: Thomas Thorn. Er wird als Leiter des

Ausflugsteams vorgestellt und lacht ihr strahlend von einem Foto entgegen. Groß, blond, äußerst attraktiv und braun gebrannt wie eine Kaffeebohne. Im Text liest sie, dass der fünfundzwanzigjährige Thomas seit einigen Jahren für die Reederei zur See fährt und aus Frankfurt stammt. Sie atmet tief durch, ihre Hand, mit der sie das Bordprogramm hält, zittert. Er kommt zurück aus dem Bad und legt, wie oft in den vielen Jahren, wenn er im Alleingang entschieden hat, seine Hände auf ihre Schultern und sagt fröhlich: „Liebes, morgen sind wir auf Capri. Ich habe uns vorhin als Überraschung an der Rezeption einen exklusiven Ausflug mit dem legendären Fiat-Cabrio-Taxi gebucht und konnte sogar den Leiter des Ausflugsteams als persönlichen Führer gewinnen."

Sie beginnt hysterisch zu lachen. Ich halte mir unter dem Bett Augen und Ohren zu. Ihre Antwort möchte ich nicht hören.

Wellengeflüster

Es war einmal ... ein kleines, weißes Kreuzfahrtschiff, welches die sieben Meere der Erde befuhr. Heute Nacht stand die Fahrt durch die Straße von Messina an. Eine tückische Meerenge, die dem Kapitän großes Können abforderte, da es viele Riffe und Felsen gab. Das Seefahrtgesetz schrieb vor, dass ein Lotse an Bord kommen musste. So war es auch heute. Das Schiff verlangsamte in Höhe der sizilianischen Stadt Messina seine Fahrt und das Lotsenboot machte backbord fest.

Amphitrite tauchte kurz aus dem Wasser auf und sah den Mann, der den heutigen Lotseneinsatz durchführte, an Bord des weißen Schiffes gehen. Er war groß gewachsen, dunkelhaarig, braun gebrannt und sportlich. „Ein Bild von einem Mann", seufzte sie und tauchte wieder ins Meer hinab. Sie schwamm einige Zeit unter dem Schiff hin und her, darauf bedacht, nicht zu nah an die große Schraube zu kommen. Der Lotse ging ihr nicht aus dem Kopf.

Dennoch war sie sich dieser unsinnigen Gedanken bewusst, zumal sie auch Poseidon versprochen war. Dieser hatte sie jedoch vor ein paar Tagen so stark bedrängt, dass sie aus den griechischen Gewässern in die italienischen geflüchtet war. Sie, als Göttin der Schifffahrt, hatte nämlich die Aufgabe, Schiffe heil durch schwere Passagen zu leiten. Niemals dürfte sie sich in einen Sterblichen verlieben. Die Menschen glaubten, dass ihre Navigationstechnik gepaart mit einem örtlichen Lotsen sie sicher durch enge Gewässer brachte. Doch das stimmte nicht immer. Oft hatte Amphitrite dem Schiff einen kräftigen

Schubs gegeben, wenn es trotz Technik zu nah an einen Felsen fuhr.

Der Lotse würde das Schiff bis Naxos begleiten. Nach der Passage hatte er Freizeit bis zum frühen Morgen. In dieser Nacht fuhr das Schiff sicher durch die Straße von Messina. Als es die schwierigen Stellen passiert hatte, blieb Amphitrite in der Nähe.

Während sie nahe an der Oberfläche im Meer umherschwamm, landete etwas auf ihrem Kopf. „Aua", schrie sie auf. Schnell griff sie nach dem Gegenstand, der sich als Whiskyglas herausstellte. *Wer wirft Gläser über Bord*?, dachte sie wütend. Sie schaute nach oben und berechnete, dass das Glas vom Heck aus geworfen wurde, denn das Schiff war schon einige Längen voraus. Vorsichtig schwamm sie dort hin und sah direkt in die tiefblauen Augen des Lotsen. Augen so blau wie das Meer, staunte sie. Er blickte ungläubig drein, schüttelte den Kopf und nahm einen großen Schluck aus der Whiskyflasche.

„Man wirft keine Gläser in das Meer", sagte sie zu ihm mit klarer, fester Stimme und strich sich eine nasse Haarsträhne aus dem Gesicht. „Man schwimmt auch nicht abends im Meer herum", entgegnete er.

Da mussten sie beide lachen. Sie konnte ihn genau betrachten, er stand auf Deck 1 und war dem Meer sehr nahe. Sie bemerkte, dass die Whiskyflasche, die er in der Hand hielt, halb leer war. Aus der Nähe sieht er noch besser aus, fand sie. „Warum hast du das Glas geworfen?", wollte sie wissen und schwamm lässig im Schiffstempo nebenher. Er wand sich ein wenig und murmelte etwas von unglücklicher Liebe. Sie betrachtete ihn und dachte: *Welche Menschenfrau ist so dumm, diesen Mann zu enttäuschen?* Er sah sie an, nahm erneut einen kräftigen Schluck aus der Flasche und fragte: „Wie ist dein Name, schöne Frau?" „Ich bin Amphitrite, die Göttin der Schifffahrt. Meine Aufgabe ist es, dieses Schiff sicher durch die Meerenge zu geleiten." Da lachte der Lotse laut auf und antwortete: „Das ist meine gewesen, Süße." Sie lächelte wissend. „Sag mal, soll ich dir nicht für alle Fälle einen Rettungsring zuwerfen?", fragte er zuvorkommend. Amphitrite verneinte. „Muss anstrengend sein, mit einem so hohen Tempo zu schwimmen", ergänzte er charmant. Amphitrite war nichts Irdisches fremd und sie erfasste, dass dieser Traummann reichlich angetrunken sein musste, sonst hätte er kaum mit einer Frau, die im Meer schwamm, ein normales Gespräch begonnen.

„Wir könnten uns doch morgen in Naxos an Land treffen", schlug er unbedarft vor. „Nein, das geht nicht", gab sie mit bedauernder Stimme zurück, „morgen habe ich insgesamt fünf Schiffe, die ich betreuen muss." Er nickte. „Willst du mir von deiner unglücklichen Liebe erzählen?", fragte sie einfühlsam, aber neugierig. Da brach es aus ihm heraus. Nahezu eine Stunde sprach er ohne Pause. Sie lauschte gebannt und platschte ab und an mit dem Fuß. Er, der erfolgreichste Lotse der Straße von Messina, hatte viele Frauen begeistert. Sie waren ihm in der Vergangenheit zugefallen, ohne dass er groß etwas tun musste, außer zu wählen. Nie war er einer lange treu, aber er verliebte sich auch nie richtig.

Bis vor drei Wochen, da hatte es ihn erwischt. Sie kam vom

Festland nach Messina, um Urlaub zu machen. Eine stolze Römerin mit einer Ausstrahlung, die ihn sofort in ihren Bann zog. Vier Tage musste er um sie werben. Eine Ewigkeit für ihn. Dann endlich verbrachten sie die Nächte gemeinsam und in der Ersten merkte er, dass sie es war. Nie hatte er sich einer Frau so nahe gefühlt. Sie roch so gut und hatte eine Leidenschaft an sich, die unbeschreiblich war. Sie verbrachten zehn wunderbare Tage gemeinsam, dann reiste sie zurück nach Rom.

Als sie weg war, konnte er es kaum ohne sie ertragen. Er nahm sich einige Tage Urlaub und reiste ihr nach. Tagelang suchte er sie verzweifelt in Rom. Die Adresse, die sie ihm hinterlassen hatte, stimmte nicht. Doch er war davon besessen, sie zu finden, und lief tagelang ziellos durch die Stadt. Er hatte ein Foto von ihr und befragte Passanten, aber keiner schien dieses schöne Mädchen zu kennen. Als er traurig und einsam auf dem Trevi-Brunnen saß, sah er sie plötzlich. Er wollte schon aufspringen, als er den Mann an ihrer Seite entdeckte. Er war älter, hielt sie zärtlich im Arm und flüsterte ihr ins Ohr. Sie warf ihre langen, schwarzen Haare zurück und lachte. Die zwei steuerten direkt auf den Brunnen zu. Der Lotse versteckte sich schnell hinter einer Statue. Arm in Arm warfen sie jeder eine Münze über die Schulter in den Brunnen, danach folgte eine innige Umarmung. Dem Lotsen reichte das Gesehene aus. Noch in derselben Nacht verließ er Rom.

„Verstehst du jetzt?“, fragte er Amphitrite und deutete auf die fast leere Flasche. „Nicht ganz“, gab sie zur Antwort. Er sah sie fragend an. Sie fuhr fort: „Was du gesehen hast, ist eine Sache, aber du weißt nicht, wer der Mann war. Ihr Menschen seht nur mit dem Verstand, niemals mit dem Herzen. Und du, großer Lotse, hast nicht einen Moment für deine Liebe gekämpft", endete sie mit trauriger Stimme, vollführte eine Drehung und tauchte unter Wasser. „Amphitrite", rief der Lotse und beugte sich gefährlich weit über Bord. Er leerte die Flasche mit einem letzten kräftigen Schluck und wartete. Sie tauchte nicht auf. Der Lotse zog sich einen Stuhl heran und setzte sich. Er fixierte mit seinem Blick das Meer, doch seine Gesprächspartnerin blieb verschwunden. Schließlich schlief er ein, der Alkohol tat seine Wirkung.

Amphitrite schwamm derweil in wütenden Kreisen unter dem Schiff hin und her. Er hatte sie enttäuscht, sie hatte sich mehr Charakter von ihm versprochen und ihre Begeisterung war wie weggespült. Als sie nach einer Stunde doch noch auftauchte, sah sie ihn schlafend auf dem Stuhl sitzen. Er tat ihr leid.

Nun gut, dachte sie, *vielleicht war ich ein wenig hart zu ihm, er ist ja ein Mensch.* Beeindruckt davon, dass er auf sie gewartet hatte, tauchte sie zurück ins Wasser und schwamm in großen Zügen bis zum Meeresboden. Schnell wurde sie fündig. Mit einer wunderschönen Herzmuschel in der Hand erreichte sie die Wasseroberfläche, schwang sich lässig über die Reling und legte die Muschel in seine Hände, die gefaltet im Schoß lagen. Liebevoll strich sie ihm noch kurz über sein schönes schwarzes Haar, dann sprang sie zurück ins Meer und kraulte an der Wasseroberfläche mit langen Zügen gen Messina zurück.

Der Lotse erwachte beim ersten Sonnenstrahl. Müde schlug er seine Augen auf, und es war ihm, als ob weit in der Ferne eine Hand aus dem Meer herausragte, die ihm winkte. Ungläubig kniff er die Augen zusammen, starrte erneut in die Ferne, doch er sah nur das weite, glatte Meer.

Was habe ich da bloß geträumt?, dachte er verwirrt, als sein Blick auf die Herzmuschel in seinen Händen fiel. Das Kreuzfahrtschiff erreichte eine Stunde später den Hafen von Naxos. Nachdem der Lotse geduscht und ein ausgiebiges Frühstück zu sich genommen hatte, ging er von Bord. Er kam sich albern vor, da er ständig ins Wasser sah. Ganz verstand er nicht, was vor sich gegangen war. Immer wieder betrachtete er die Herzmuschel. Heute Nachmittag musste er auf das nächste Kreuzfahrtschiff als Lotse aufsteigen und von Naxos zurück nach Messina fahren. Er würde die Augen aufhalten, er hatte noch viele Fragen an das Mädchen aus dem Meer, das sich ihm als Göttin vorgestellt hatte.

Amphitrite leitete auch dieses Schiff sicher durch die Straße von Messina. Heute hatte sie alle Hände zu tun. Aus dem häufigen Kurswechsel, den das Schiff nahm, erahnte sie, dass ihr Lotse an Bord war. Er schien unkonzentriert zu sein. Gern hätte auch sie ihn noch einmal gesehen und mit ihm gesprochen, doch sie verbot es sich aufzutauchen. Sie war sich sicher, dass sie ihn durch ihre Worte und die Muschel auf den richtigen Kurs in seiner Liebe gebracht hatte. Das musste genügen, leider. Der Lotse verließ in Messina das Schiff, um sein Glück an Land zu finden.

Amphitrite gönnte sich eine Auszeit und tauchte hinab in die Tiefen des Meeres. Während sie so schwamm, sah sie am Grund überall Herzmuscheln. Große, kleine, weiße, braune und gesprenkelte. Amphitrite staunte. *Das muss ein Zeichen sein*, dachte sie. In dem Moment sah sie den Delfin. Sie zuckte zusammen. „Ich komme von Poseidon, der sich untertänigst entschuldigt", raunte er liebevoll. Da ging Amphitrites Herz auf und sie schwang sich übermütig auf seinen Rücken und ritt mit ihm gen Hellas.

Häufig gestellte Fragen

Liebe Leser,

ich hoffe, meine Geschichten haben Ihnen gefallen. Ich bin seit Jahren begeisterte Kreuzfahrerin. Umgerechnet habe ich bereits acht Monate auf Schiffen verbracht. Viele Dinge, die ich erfahren habe, stecken in diesem Buch. Daher kann ich nicht behaupten, dass alle Personen und Handlungen frei erfunden sind. Personen, die sich deutlich erkennen, wurden vor der Veröffentlichung um ihr Einverständnis gebeten. Seit Mai 2011 habe ich an diesem Buch gearbeitet. Leser der ersten Stunde haben gelegentlich Fragen zu den Geschichten gestellt. Daher, und um die vielen verschiedenen Eindrücke nochmals Revue passieren zu lassen, gibt es dieses Kapitel.

❀

La vie en rose

Die kleine Biene Eve hat Ihr Herz erobert? Meines auch. Nachdem ich lange Zeit nach einem maritimen Motiv für meine Homepage gesucht hatte, fand ich das Bild der drei Drohnen, die an einem Tau zogen. Bei einem Abendessen berichtete ich dies meiner Freundin und wir entwickelten gemeinsam spontan den Beginn der Geschichte. Das war ein toller Abend, den ich nicht vergessen werde. Was wird geschehen, wenn Eve und Guillaume in Marseille ankommen? Im Geiste sehe ich eine große Bienenhochzeit vor mir und Jérôme als Trauzeugen, aber vielleicht kommt auch alles anders?

Amors Pfeil

Ich kann Ihnen verraten, dass Jessica und Tim sich verlieben und ein Pfeil ausreichen wird. Ansonsten wäre diese Geschichte nicht entstanden. Im nächsten Jahr ist es zehn Jahre her, dass ich meinen Mann an Bord der *AIDAcara* kennenlernte. Ob und wie Amor dies mit Jessica und Tim bewerkstelligt, wird zunächst sein Geheimnis bleiben. An dieser Stelle einen lieben Gruß an meine langjährige Freundin Melanie, die es damals mit mir nicht leicht hatte!

Verflossen

Auch große Freundschaften gehen zu Ende, denn alles im Leben hat leider seine Zeit. Sicher haben Sie das auch einmal erlebt. Wenn „Frauenfreundschaften" auseinandergehen, tut es doppelt weh. Man ist danach vorsichtiger, vertraut nicht mehr schnell. Doch eine „neue" Zeit bringt oft neue Wendungen mit sich.

Abgehängt

Wenn Sie eine richtig alte Schiffsuhr an Bord sehen, denken Sie vielleicht an die Kurzgeschichte „Abgehängt". Diese Liebesgeschichte wird gut ausgehen und ich selbst würde zu gern nach Singapur schauen. Als ich neulich auf Kreuzfahrt ging, hing exakt so ein Modell in unserer Kabine. Ich habe mich unendlich gefreut. Die neuen, modernen Schiffe sind schön, aber so eine Uhr werden Sie kaum finden.

Die Täuschung

Wer hat nicht schon mal in der ersten Nacht an Bord aufregende Dinge geträumt? In der nicht verarbeitete Vergangenheit mischen sich Geschichten mit der Zukunft. Und bestimmt hat unsere Hauptperson geträumt, denn Monika würde ihr das nicht antun. Oder doch? Alles ist offen, und Sie können entscheiden, wie diese Geschichte weitergehen könnte!

❁

Die Sache mit dem „Apfel"

Eines Morgens bin ich aufgewacht und habe geträumt, dass man mir mein iPhone gestohlen hätte. Eine schreckliche Vorstellung, hat man doch seine persönlichen Daten darauf gespeichert. Das war der Grundstein für diese Geschichte und ich habe sie mit einem Schicksal verbunden. Das Fazit ist, es kommt immer im Leben, wie es kommen soll. Nichts geschieht zufällig, da bin ich mir sicher. Aus diesem Grund sollte man seine Begegnungen mit anderen Menschen für sich genau betrachten.

❁

Herbert

Haben Sie vielleicht auch ein Kuscheltier, welches Sie immer und überall begleitet? Dann verstehen Sie „Herbert". Es ist für Sie da, wenn es Ihnen schlecht geht, und freut sich mit, wenn es gut geht. Ein wahrer Freund. Erfreulicherweise sitzt es manchmal tageweise auf der Couch und hat den „Stofftier-

Modus“ angeschaltet. Meins ist rege und liebt natürlich Kreuzfahrten. Die „Entführung“ ist im Ansatz aus dem wahren Leben, und ich kann Ihnen sagen, als es für eine Zeit lang fort war, habe ich sehr gelitten!

❁

Hochzeitsreise

Finden Sie die Geschichte unmoralisch? Sie ist nahe an der Realität, die ich im Ansatz einmal erlebt habe, natürlich ohne Morde. Mein Mann und ich fuhren auf einer schönen Route im Mittelmeer mit vielen Paaren. Bereits zwei Abende hatten wir an Deck an der Pool-Bar mit einem netten, älteren Mann verbracht, von dem wir annahmen, er würde alleine reisen. Am dritten Abend fragte uns dieser nach unseren Plänen für Beirut, denn seine Frau (!) möge da nicht von Bord. Auf Nachfrage kam heraus, dass er auf Silberner Hochzeitsreise war!

❁

Abgelegt

Ich denke, es gibt ein großes Wiedersehen in Praia und vergangene Zeiten werden keine Rolle spielen. Ich habe als Kind oft davon geträumt, Teil eines Zwillings zu sein. Dennoch hat das Thema Adoption für mich einen hohen Stellenwert, zu dem ich heute offen stehe und mich dazu bekenne. Nicht verwunderlich, wenn man von den liebsten Eltern der Welt angenommen wurde.

Ich flog noch niemals durch New York

Der arme, kleine Spatz. Er hatte wahrlich nicht geahnt, welchen Tag er sich da für sein „New York" ausgewählt hatte. Ich bin davon überzeugt, dass es ihm trotz des karibischen Ausflugs gelingen wird, mit Jonathan wiedervereint über den Hamburger Rathausmarkt zu fliegen. Bestimmt erlebt er bis dahin noch einige Abenteuer, und wenn wir an den 11. September 2001 zurückdenken, wissen wir alle noch, wo wir in dem Moment waren, als wir von diesem schrecklichen Ereignis erfuhren. Das ist gut so.

❁

ER und SIE

Eine absolut erfundene Geschichte, denn heutzutage ist es glücklicherweise selten, dass eine Diskriminierung dieser Art auf Kreuzfahrtschiffen vorkommt. Mit vielen allgemeinen Themen in den Internetforen zum Thema Kreuzfahrt ist es dafür nicht einfach und ich bewundere die Moderatoren, die immer wieder die Wogen glätten müssen. Alle haben das gleiche Hobby und Interesse, ein wenig mehr Akzeptanz wäre wünschenswert.

❁

Junge aus Ost-Berlin

Er war legendär, der erste „Rock-Liner" im Jahr 2009. Ich war mit meinem Mann an Bord und könnte schwören, Ronny und Danilo gesehen zu haben ..., aber eigentlich entspringen die beiden meiner Fantasie, wenn ich auch als Vorlage zwei

Brüder aus dem „Ostharz“ vor mir sehe, deren Frauen ihnen noch Anzüge eingepackt hatten. Sie gingen schließlich auf Kreuzfahrt. Ein wahres Erlebnis wird es immer bleiben, wenn man „seinen Star“ hautnah erleben und das Meer „rocken“ durfte.

❁

Wiedersehen in Hellas

„Man sieht sich im Leben immer zweimal“, ist der erste Schluss, der stimmt, den man aus dieser Geschichte ziehen kann. Doch in ihr steckt mehr. Johannes wird die Gelegenheit haben zu erfahren, woher er wirklich kam, und er wird lernen, warum er heute ist, wie er eben ist. Ich mache mir keine Sorgen um ihn. Dank Tilla wird er gestärkt aus dieser Geschichte hervorgehen.

❁

Ein Tag im Leben einer Webcam

Dass diese Kameras überall an Bord sind, ist Tatsache. Haben Sie geschmunzelt beim Lesen? Das ist schön. In erster Linie dienen die Kameras der Sicherheit. Auch ich bin bestimmt mal unfreiwillig aufgenommen worden, trotzdem habe ich jede Sekunde im Urlaub genossen. An dieser Stelle einen herzlichen Gruß an die „Herrenrunde“, und viel Spaß bei der nächsten Kreuzfahrt, die schon gebucht ist.

Angenommen

Die *Summerwind* gibt es tatsächlich, wenn sie auch ein wenig anders heißt. Für mich die perfekte Kulisse für diese Geschichte. Auch hier geht es um das Thema Adoption. Man sollte diesen Weg niemals ausschließen, wenn man einen festen Kinderwunsch hat. Das Schiffskonzept kann ich empfehlen, wenn man mal „kreuzen“ und „segeln“ möchte. Auf Anfrage verrate ich gern den „richtigen“ Namen des Schiffes.

Korkenpost

Ist er nicht frech, dieser Korken? Er schreibt Ihnen einen Brief, ohne dass Sie es gleich gemerkt haben, oder? Inspiriert wurde ich zu dieser Geschichte durch einen Korken, der auf einem Buffettisch an Bord lag, den „kleinen Paul“ und eine liebe Getränkekellnerin, der es nicht zu viel war, mich über verschiedene Schicksale der Korken an Bord aufzuklären. Einen Korken habe ich mitgenommen. Er liegt heute auf meinem Regal. Er sollte mir bei dieser Geschichte helfen, hat er auch!

Im Fluss des Lebens

Liebe im Alter oder seit Jahren? Das ist hier die Frage. Es ist auf jeden Fall spannend, eine Flusskreuzfahrt zu unternehmen. Anders als auf dem Meer sieht man nach dem Auslaufen viele Landschaften, Ufer und nahe Lichter in der Nacht. Ina wird ihren Weg ohne Rolf gehen, das ist keine Frage. Doch was wird aus dem „alten Paar“? Wird ihre Welt sich jetzt verändern und kommt es zu einem Treffen im nächsten Jahr? Ich überlasse dies Ihrer Fantasie.

Ich packe meinen Koffer

Sehen Sie Ihren Koffer seit dieser Geschichte schräg an? Müssen Sie nicht, der „Arme“ hat am meisten gelitten. Wenn man überlegt, was ein Koffer im Laufe seines Lebens zu sehen bekommt, finde ich es beeindruckend, und man denkt so nicht darüber nach. Spannend wäre es zu wissen, wie es weitergeht. Allerdings kann ich mir keinen glücklichen Ausgang der Geschichte vorstellen, aber nichts ist bekanntlich unmöglich.

Wellengeflüster

Ein modernes Märchen für Erwachsene ... oder war es Wirklichkeit, was der Lotse erlebt hat? Wer weiß es bei diesem hohen Whiskykonsum! Ob er mit seiner Römerin das Happy End findet? Ich glaube daran. Doch sagen will Ihnen die Geschichte vielleicht noch etwas anderes. Kämpfen Sie für Ihre Träume und verfolgen Sie klar die Ziele, die Sie erreichen möchten. Hätte ich das nicht getan, würden Sie nicht gerade die fast letzten Zeilen meines Buchs lesen.

Ich danke Ihnen für den Kauf und freue mich über Rückmeldungen auf meiner Webseite www.brina-stein.de. Seien Sie nicht traurig, wenn Sie in diesem Buch nicht vorkommen. Vielleicht lernen wir uns erst noch auf der nächsten Kreuzfahrt kennen und bei guter Resonanz gibt es Teil 2.

Ihre Brina Stein

Danke

Mein Dank für die Vorablektüre und für viele liebe Worte gehen insbesondere an: meine lieben Eltern, Andrea und Markus, Eva, Katharina, Melanie und Renate mit Joachim. Und natürlich an meinen Mann, der zwar weniger gelesen hat, es aber immer schaffte, mit viel Humor meine Schreibblockaden zu lösen und der einige Geschichten aktiv mit entwickelt hat. Desweitern bedanke ich mich bei meiner Lektorin Verena Rotermund. Sie zu finden war ein Glücksgriff und sie hat es geschafft, dass der „Brina-Stein-Stil" so schön rund wurde. Ebenso danke ich Danilo Schreiter, meinem Verleger vom Telescope Verlag, der sofort von meinem Konzept begeistert war. Ein Buch benötigt ein schönes Cover. Natascha und Lothar Krebs (krebs illustration studios), waren die Menschen, die ich lange suchte und die mit ihrer kreativen Art zu meinem Konzept passten! Last but not least danke ich allen, die mir in dem Jahr, nachdem sie von meinen Plänen erfuhren, Mut zugesprochen haben.